묵국수를 먹다

이무열 시집

문학세계사

나무계단 삐걱거리던 2층 도서관에서 경제원론 책 저만치 밀쳐 두고 황동규·김영태·마종기 3인 시집 『평균율平均律』을 읽던 그때 가 언제던가. 해거름 무렵 어둑한 교정을 나서던 시간은 가뭇없고, 누이야! 사랑은 이토록 할 말이 진한 것이었구나.

문학 그런 것에 곁눈질 안 하고도 잘 살 수 있었으면 좋았으련만, 어쩌다 스스로를 고립 가운데 머물도록 하면서 시詩를 쓰게 한 것일까.

내 허랑허랑 걸어온 내력 부끄러운 시편들을 두고 달리 무슨 변명의 말을 덧붙이랴? 우리네 살아가는 이야기를 나누고 싶었다. 개중 몇 편이라도 웅숭깊고 곰삭은 사람살이의 속내와 뒷 표정을 읽을 수 있다면 좋겠다.

그동안 가족과 주변 사람들에게 이런저런 마음의 빚이 참 많았다.

매심재梅心齋에서

이 무 열

1 연풍리 가는 길

2 도끼 백힌 이야기

3 조묵단이라는 이름

4 지른다는 것

1

연풍리 가는 길

섬

내 홀로 어쩌자는 마련도 없이
배낭 하나 달랑 메고
운주사 거쳐 유달산 지나 보길도까지
어기적어기적
세상의 끝이랴 싶던 그때가 언제던가
목숨은 마냥 서러웠다
어인 밤 기우뚱
섬 하나 지울 듯 파도는 쳐쌓는데
민박집 전등불 촉수가 낮거나 말거나
썼단 구겨버리고 다시 쓰며
밤새도록 버려지던 헛된 반성문이여

어떤 흐린 날

하릴없이 담배를 태운다
바둑이가 짖으며 내닫은 길 위로
아무도 한 번 가고는 다시 오지 않는다
구겨진 은박지 속에서는
아이들과 새들의 숨바꼭질이 한창인데,
흐려지는 얼굴로 문득
그해 여름 맨드라미꽃 지고 있다
먹다 밀쳐 둔 수제비 같은
유년의 운동장 가에는
분홍의 바람개비 저 혼자 돌아가고
잃어버린 사방치기 돌
희미한 기억처럼 빛을 튕기고 있다
아련하여라
아직도 국기 게양대 옆 미루나무 잎사귀는
저요 저요 선생님 저요! 잎잎이 눈부신데
사라지는 담배 연기 너머로
세상의 길은 구불구불 푸르게 뻗어만 갔다

다황을 긋다

마지막 다황공장 경상북도 의성의 '성광'을 아는가
한때, 전국에 공장이 삼백 곳 넘었고
최초로 세워진 곳은 인천의 '대한'으로
일제 땐 한 곽에 쌀이 한 되였다는데
몰래 훔쳐가곤 했던 탓일까
인천의 성냥공장 성냥공장 아가씨
치마 밑에 감추고서 정문을 나설 때
치마 밑에 불이 붙어~
그런 얼치기 군가를 시도 때도 없이 불러 젖히곤 했다
인천의 '대한'이나 부산의 'UN'도 어느덧 문을 닫고
먼 바다 나가는 뱃사람 부적이나
곰방대 끼고 살던 외할머니 신주단지 같던
다황, 까맣거나 빨간 두약頭藥 알맹이
푸르른 불꽃으로 일렁거리던 고등학교 시절
만홧가게 골방을 들명날명 뻐끔담배 배우곤 했다
오지 않을 누군가 그리워 죽치던 맹물다방
사이먼&가펑클이나 에니멀스를 신청하고는
3층, 5층, 7층…무너지면 다시 성냥개비 탑을 쌓곤 하던

한 집 건너 성냥갑 부업을 했다는
저 '성광'의 1970년대
나도 왕년에 한가락 놀았다면 논 것 아니었을까
담배 끊은 지 십수 년도 지났건만
오늘은 유황 냄새 피어오르던 그때처럼
따닥 따닥, 다황이든 당황이든
다시 못 올 낭만의 마찰판을 그어보고 싶다

'사이'라는 말
—K에게

가령, 너와 나 사이의 연분도
연분홍 봄길 혹은 밀물 드는 가을 강가에서
기우뚱 저물거나
온 발목 무장 젖어 흘러간 세월 같다
그리워라 애니로리
머나먼 스와니강 출렁거려
노랫말이 생각나지 않는다
금물결 은물결 반짝이다가 또 먹먹하다가
안팎의 경계엔 하많은 뭇별들
두루 총총 오히려 적막하다 해도
옛날 거닐던 강가에 이슬 젖은 풀잎
아리 아라리로 엮는,
산다는 일의 곡절
그 가쁜 숨결

풍금소리

　오랜만에 출근해서, 이제 못 볼 것이라고, 마지막 인사하러 왔다고, 문득 교실이 어두워 뒷말이 흐려지던 봄날 잠시 창백하게 울먹였던가 서늘하게 숨죽였던가 짝꿍은 귓속말로 폐병, 폐병이래 넌 몰라 처녀 선생님 우리 몰래 시집가는지도 옆구리를 쿡쿡 찔러대는데, 이젠 가라시며 손 흔들어 보이고는 돌아서서 풍금을 열었다

　수업 마치는 종소리에 우당탕탕 몰려나오다, 촛농 칠한 복도 마루판 끝에 미끄러져 들어오던, 눈부신 노을빛에 혹 천사라도 다녀가시는가 허둥거리다가, 망설여 발걸음이 떼어지지 않는데, 똑 떨어지던 눈물방울! 어, 누가 안 보았을까 몰라

　텅 빈 교실에 남아 올해도 과꽃이…꽃밭 가득…누나는 과꽃을… 끊어졌단 이어지고 다시 끊기다 이어지던

　그토록 아름답고 슬픈 풍금소리
　다시 들어보지 못했다

아버지의 입맛

1

석류 모양 빚어 만든 만두국 석류탕石榴湯
기생이나 음악보다 맛 뛰어나다는 승기악탕勝妓樂湯
눈 오는 밤 친구 찾아가 만난 고기구이 설야멱적雪夜覓炙
차마 삼키기 아까운 떡 석탄병惜呑餠
새벽종 칠 무렵 서울에 도착했다는 해장국 효종갱曉鐘羹

진찬의궤 음식디미방 규합총서 조선요리학 오래된 책에는
듣도 보도 못한 우리 음식들 즐비하구나
절미絶美하고, 절가絶佳하고, 달고 향긋한 맛
그 얼마나 멋지고 풍류 넘쳤던 것이랴

2
아버지,
나 육군 일병 휴가 나왔을 때
경산에서 시외버스 타고 대구 신천시장 지나
푸른다리 그 어디메쯤
이름난 짜장면 집에 데려갔었다

중풍으로 몸 불편한 탓인지
그날 따라 입맛 없다며
세 젓가락 뜨고 내 앞으로 물리던 짜장면

밥상머리 물고기 반찬 오를 때면
"머리는 내 주렴, 생선은 자고로 머리가 맛있는 기다!"
유별난 식성 탓이라 여겼었다

옛 음식 소개 잡지책 뒤적거리다가
"야야, 니 음식이 보약이니라"
갈고 심고 거두고 찧고 까불고 지져 나를 키워오신
아아, 그리운 당신의 입맛

녹향*에 간다

클래식 SP 빅타 음반 턴테이블에 걸면
목재 나팔 스피커 스텐토리안은
불가해한 음색으로 실내를 마구 휘저었다
이중섭의 은박지에서는 철필 그림이 꼬물락꼬물락
박태준은 청라언덕 백합 필 적에 동무 생각을 하고
명~태 헛 명태라고 헛, 양명문은 가난한 노랫말을 쓰는데
사랑하였으므로 나는 진정 행복하였네라던 청마와
자칭 국보라던 양주동은 다 어디로 갔나
매월 셋째 토요일 예육회 정기 음악감상은
64년간 1천 510회째
신작로길 발 부르트도록 천천히 흘러만 왔다
녹향, 푸른 세월의 향기를 품고
향촌동 남일동 사일동 포정동 동성로 화전동 옮겨 다녔건만
끝내 임대료도 못내 문 닫는단 풍문에
내 청춘의 18페이지 하단, 붉은 잉크로 밑줄 그어진
차이콥스키의 안단테 칸타빌레
죄 많던 어느 가을날의 눈물을 떠올렸거니

첫사랑 애뜻는 안부를 묻듯
개망초 술패랭이 하늘나리 쑥부쟁이 구절초의 노래
오선지 나달나달한 악보 같은 길 걸어 녹향에 간다

*성악가 지망생 이창수(1921~2011)가 평생을 꾸려온 대
한민국 최초의 고전음악 감상실.

연풍리 가는 길

저벅저벅 코 큰 양코백이 쏼라쏼라 걸어오는 거 자알 보인다

솜틀집 기계는 숨죽인 솜을 터느라 연신 툴툴 털털, 바께쓰 숯불에 달구어진 양철집 인두는 납땜을 하느라 푸시시식, 도르래 고장난 왕대포집 판자 문짝은 삐딱하게 열리다 말다 덜컹 덜커더덩, 순댓국집 조선 솥뚜껑은 뿌연 수증기를 뱉어내며 연락부절로 스르렁 스렁, 불콰해진 강냉이 김씨와 조선팔도 칼갈이 강씨거나 운전수 털보의 따따부따 언성은 높아만 가고 오리궁둥이 주모는 뒤뚱뒤뚱 혼자 바빴다

아슴푸레 하여라 이음매마다 총총 도려낸 깡통 뚜껑을 박아둔 루핑지붕에는 자글자글 햇살 녹아내리고 문득 끝 간 데 없이 장대비가 내렸다 부인상회 우리양행 파주목욕탕 나무 간판은 반나마 페인트칠이 벗겨진 채 건들거리고, 신영균 최무룡 황정순이 얼굴이 주름잡던 문화극장 옆 낡은 앰프는 신 프로가 들어올 때마다 진종일 왱왱거렸다

무채색 물감처럼 번져 내려 세상 모르게 까무룩 잠이 든 모

습이어라 오종종하거나 꼭 고만고만한 모습의 얼굴들 땅딸막한 지붕 처마들처럼 앞서거니 뒤서거니 이어지고 비켜서는구나 때로 교회당 첨탑에 걸리던 소싯적 종소리도 숭얼숭얼 낮은 목소리로 깔리는구나

서울에서 두 시간 남짓 치달려 한 됫박의 그리움과 설렘과 신열이 덕지덕지 껴묻은 그곳, 여직도 키 큰 플라타너스 차렷, 열중 쉬엇, 앞으로 나란히 거슴츠레한 신작로엔 먼지 풀풀 날릴 것인가 검둥이 찝차 꽁무니를 따라 내달리며 헬로우 기브 미 챱챱 초콜렛!도 외치고 싶은, 철조망 녹물 흘러내린 미군 부대 담벼락마다 **'접근 금지!!! 접근하면 발포함'** 양철조각 붉은 글씨 무섭던 경기도 파주군 주내면 연풍리 214번지

사월, 꽃이 왔다

사월 모일
페이스북으로 그녀가 왔다

물푸레나무 가녀린 영혼,
낭창낭창 아픈 회초리 사십 년 묵묵부답의
가고 오지 않는 것이 어디 사람이나 인정뿐이랴

이마가 곱던 도서관학과 일학년 어깨 너머
방천시장 입구 목조계단 이층 정든 찻집 유리창마다
얼룩덜룩 빈집에 노을만 붉어서

먹먹하다

사람을 견딘다는 것은
가슴에 키운 심, 발걸음마다 굳은살이 박이듯
못다 한 노래 잊힌 후렴구 같은 것이어서
이 순간 나는 가슴이 아픈 것인가 머리가 아픈 것인가
낙산 동쪽 보문사 거쳐 청암사로 운문사로

일주문도 천왕문도 없는 죽령과 마재와 길안을 스쳐간 풍문은
천지간 남루의 구절양장길을 돌아

꽃이 왔다
옛 여인의 머리카락 짚신* 같은 맹세
천지갑산 푸르딩딩 물든 봄밤에

*1998년 안동 고성 이씨 무덤에서 '원이 엄마'의 한글 편지
와 함께 출토된, 마와 머리카락을 섞어 짠 16세기의 짚신형
신발.

봄날, 거머리 같은

봄날을 '한쌈'에 싸먹고 싶은 날
엉거주춤 헐티재 넘어간다

각북 거쳐 풍각 각남 갈림길 지나
햇볕 풍성하고 물 풍부한 곳
한재미나리는 근동에서 유명하다
물기 탁탁 털면 파릇파릇 은근하고 싱그러운
초록 전령이 소문처럼 입안에 흥건하다

햇살은 바야흐로 천지사방 눈부신
봄날 오후, 소주잔에도 일렁거리는데
위암 오래 앓던 큰 외삼촌
배배 말라 몸 아프던 어린 날 생각난다

미나리꽝에 부록같이 엉겨 붙던,
약에 쓴다고 거머리 잡아 보겠다고
글썽글썽, 외사촌과 동무하던 시오리 길
생미나리향 포개어져 아련한데

1kg 8,000원 하는 미나리와
삼겹살 서너 근 끊고 쌈장 공짜로 얻어
헤프게 먹어치우는,
홑겹 비닐하우스 속 봄날이 간다

쥐덫 생각

국민학교 쥐잡기운동에 쥐꼬리 끈어 가면 점수 많이줬겨
추억에 쥐덫 고향 냄새가 물컹 납니다

코베이 경매 사이트에 올라온 '쥐덫'
어릴 때 통나무나 철재로 만든 것 더러 본 적 있는데
사전 찾아보니 쥐틀, 쥐덫이라 하고
살서殺鼠, 고두䯏斗라고도 나온다

곱슬머리 옥니박이 최가네 철수 아버지
  철수 몸 약하다고 동네방네 곡마단 트럼펫마냥 나발 불고
는 했다
  단칸방 쥐똥이나 지린 쥐오줌 같던
  오글오글 눈만 땡그랗던 그네 가족들
  약에 쓴다고 엉엉,
  악머구리 같은 어린것 밤눈 밝아져야 한다고 글썽,
  연탄불 석쇠 위에 기름기 촬촬 흐르던 쥐갈비
  철수에게 즐겨 먹이곤 했는데

글 쓴다는 주제에 나는
이날 이때껏 고두나 살서의 뜻도 모르고
세 살인가 네 살짜리 철수 밤눈 정말 안 좋았을까
왜 이제야 불쑥 뚱딴지같은 생각 드는지

장터에 갔더란다

1

섬진강 보성강 등허리에 띠 두르고
휘뚜루마뚜루 곡성 오일장 들어서자
고사리 죽순 개망초 지칭개 취나물 민들레 뽕잎 지천이다
좌판 할머니들 하루 자릿세는
단돈 1,000원, 나물 한 줌 팔아도 무조건 남는 장사라며
막무가내로 우수리 얹어 주는데
―이기 뭔교?
―담배상춘데 씹으면 우렁쉥이 맛 난당께
―거 많이 좀 주이소
―아따, 내 참말로 몬 살겠네
함박웃음 볼따구니가 불어터진 라면발 같다

2

서문시장 큰 장 설 때
육곡간 건너 뻥튀기 뒷길 풀무질 바쁘던 대장간 지나
드럼통에 국방색 잠바 까맣게 물들이던 금수세탁소 돌아
열 뼘가웃 외할머니 점방에 들면

구제군복 미제 깡통 유리병서껀 헌 워커 팔아
1원짜리 붉은 종이돈 하나 꼭 쥐어주곤 했었다
찐빵 살까 떡볶이 먹을까 국자에 설탕 녹인 풋또를 할까
주전부리에 정신줄 놓고는
쫀드기 말표사이다 평양순대 곤달걀에
내가 흘린 침과, 뿌옇게 큼큼 국물 냄새를 피우던
서울내기 다마네기 맛좋은 고래고기 날 놀려먹던
상고머리 땜통머리 도장밥 버짐 기계총 비루먹은
꼬찔찔이 동무들 다 어디 갔을까
그 보랏빛 향기와 풋것들,
차마 낯가림처럼 아련한 추억의 속살
어느 치맛말기에 꼭꼭 숨은 것이랴

앉은뱅이책상

골동상에서 책상을 샀다

느티나무 통판에
먹금 그어 사개맞춤 하고 나무못으로 마감한
옛 법식을 충실하게 따른 것이었다

청도 화양읍 복사골로 꽃구경 가기로 한 날
새벽까지 묵은 때 털며 들기름칠하다가,
앉은뱅이책상을 둘러메고
사십 년 이쪽저쪽 봄 풍경 속으로 걸어오는
아버지를 보았다

당신의 외아들이 책상물림이 되기를 바라셨을까
할아버지처럼 종종 풍월이라도 읊기를 꿈꾸셨을까

살다 몸 고달프면
청도 가는 길, 장미공원 먼발치
언덕바지 숨 가쁜 복사꽃처럼 헐떡거렸다

새삼 고시공부라도 할 것처럼
자글자글 굽이쳐 간 느티문양에 물끄러미 넋을 놓다
이바구 떼바구 강떼바구
울컥 연분홍 향기로 젖어드는 봄밤이다

오래된 동화

황금코끼리들이 있어
죽을 날 다가오면
제 발로 걸어가 몸 부리는 골짜기가 있어

초등학교 시절
동화책 읽어주곤 하던 이모는
후사를 못 이은 죄밑을 닦고자 했던지
돌부처도 돌아앉는다는 시앗의 두 딸과 아들
전생의 팔자려니 넉넉하게 거두고 길렀다

그러나 땅끝마을까지 삶의 터를 옮겨 가며
행복했을까, 끝내 박복했을까
새로 얻은 이모부조차 교통사고로 잃고
복도 복도 지지리 궁상, 그런 복 다시 지을 수 있을까

―약 잘 먹으믄 낫는다 카데, 언니야!
―어이쿠 저 등신!
알고 카는 기가 지 죽을 줄 정말 모르는 기가

암병 든 이모의 침대 머리맡 링거병마다
어머니의 밭은 기침소리 지지눌려 쿨럭였건만
이승과 저승의 경계쯤 어디
상아가 지천으로 쌓여 눈부신 곳
세상 모르는 그런 곳 정말 찾아간 것일까

굴뚝같다

날씨는 꿉꿉하고
온돌에 등이라도 지지고 싶고
국수틀이나 솥뚜껑을 아내 쪽으로 슬며시 디밀어 보는데
한사코 밀가루 반죽 치대는 어머니 손이 오늘따라 심하게
떨린다
노인 되면 으레 그러려니
핑계 삼아 세월을 견뎌 보고자 하는 것인데
유년의 만화경 속에는
양철다라이와 항아리와 바께스마다 빗물 고인 여름날 저녁이
흔들고 피박 쓰울 때처럼 와자하게 몰려온다
구불구불 말린 멍석 다 펼치기도 전에
들들들들 맷돌에는 되직하게 녹두가 갈리고
채 썰고 버무리고 기름 둘러 온갖 양념에 채소 돼지고기로
빚은
고스톱 판처럼 걸쭉지근한 녹두전과 막걸리 한 상을 차린다
오글오글 사촌 아니면 육촌 계집애들과 장맛비에 척척 감기
는 손목 때리기 패를 돌리랴
외할머니 어깨 너머로 훔치던 신수보기 화투장을 떼어보랴

그 예전 젊은 어머니는

　곰방대에 풍년초 쟁이고 연신 구름과자 피워 올리던 외할머
니처럼

　—목 맥히겄다 년석아 좀 천천히 묵어라

　—논빼미 물 들어가고 자석 입에 밥 들어가 좋을래라

　뭉게뭉게 자꾸 그런 군말을 털어내고 있는데

　님 소식이나 돈 횡재 그런 패를 꿈꾸던 날은 굴뚝같은데

시월에

베드로 닐라!

지난날 홀로 잠깬 밤의,
그때가 언제던가
치운 가을날의 물소리
맥박을 짚듯 잠잠히 내 서늘한 가슴을 다치는데
부평 백마장 거쳐 청평 FTC 훈련장 지나
마카오 성 바울 성당 첨탑에 걸려 웅얼거리는
그 옛날의 종소리에 오래 귀를 열면서
산다는 건 문득,
지지마꿈 등 기대고 서서 불러볼
화살기도 하나 바치고 싶은 것이려니…

2

도끼 백힌 이야기

거조암 오백 나한

경상북도 영천시 청통면 신원리 622
팔공산 동쪽 기슭에 거조암이 있는데요
어수룩하고 데면데면한 상판에 호분 칠한 나한님네
부처님 돌아가신 뒤 왕사성 칠엽굴에 모인
오백 명 도적이거나 장로 비구와 아라한이라는데
기돗발 좋다는 소문 듣고
신수 한 번 펴볼까 찾았던 게지요
애당초 나한님의 가피나 운명,
옛날 옛적 이야기나 영험을 믿은 건 아니었지만
세상에나! 영산전에 들자 앉은걸음으로 다가오는 것 있지요
똥기마이 할배가 키득키득, 김칫국 아재는 킥킥, 빼빼장구
당숙이 멀뚱멀뚱
웬걸 해파리 숙부님 둘레둘레 화등잔만 한 눈 치뜨는데요
아재요, 탁배기 한 잔 자실랍니꺼?
사는 일 좀스럽고 짜잔해지는 이 노릇 우야만 좋겠는교?
만나고 헤어지고 한세상 그 모든 인연들 어찌 달래 볼까요?
속엣말 차마 드러내지 못하고
잔손금 많은 세간사 빌어보기는커녕

탄식이나 흉금의 줄 한 번 튕겨보지 못하고 말았는데요
애오라지 곰삭은 절 한 채 품었다 뱉어놓는 일로
하루가 한 생이 저물도록
마 괜않타, 전부 괜않을끼다
앉으나 서나 오백 나한님은 다 알아주실 것만 같았지요

쏙* 잡는 법

할마이들이 가 가지고
배토팽이 갖고 구디이를 쳐서
그러믄 쏙 구멍이 드러나는데
된장을 뿌리고 퍼여주고
살살 붓대를 넣으믄 붓 끝 물고 쏙이 올라오매
발 잡아 꺼낸다 그런 식으로 하믄 되겠네요
장 그긴데 뭐
그 말이 장 그 말인데
쪼께 힘이 되그로 하믄 좋겠고
맹글어 헌 말도 책에 올린다고 물어 재끼이
맴이 이상하다
와 부처님은 욕심 없어 똥 없다 안 합디까
이런 할마이도 똥 꺼뿌면 부천데……

물때 기다리는
남해군 설천면 문항마을
저 개펄 물웅덩이 속에 쏙들이 살고 있다

*갯가재와 비슷하게 생긴 새우류와 가장 가까운 무리로서,
바다 모래진흙에 30cm의 구멍을 파고 산다.

만인사 1

1

이형, 오늘 저녁 함 모디자

팔공산 다락헌 장 처사 하산하고

탑리 절반쯤 탑이 된 김 약사와 예수 곁방 사는 이 장로도 납신단다

지난번 박살났는데 오늘은 제대로 본때를 보여 주꾸마

요 인간들이 니캉내캉 너무 얕잡사 보는 것 아인가 몰라

내, 함 밀어 줄란다

국화 열 짜리 주면 덥석 무 뿌고

똥광 치다 설사한 것 다 갖고 가뿌라

니, 가게 매인 줄 아니께 꼭 오라 소리는 아이다

기냥 일곱시에 모딘다꼬 알리 주는 기다

출판사 하루 접고 하우스 연, 박 사장이 초대하는 늙수그레한 사내들의 복수혈전이다 '박가분' 문 닫고 생계의 뒷전으로 줄행랑 놓고 싶어 끌탕쳐 보건만 마땅한 궁리가 떠오르지 않는다 날씨가 되우 좋아 못 이기는 척 오늘 장사는 서둘러 종쳐야겠다, 끙

개봉박두!

판 벌려 세상살이 폭폭한 주름 지우고 싶다 만인사 사랑방에
모여 저마다 동양화 마흔 여덟 장 요리조리 아코디언처럼 접었
다 폈다 트집도 잡아 보고, 뜬 구름의 경전 패를 읽느라 도끼자
루 썩어 나자빠질 토요일 봄밤

2

초파일이 언젠고?

와, 부처님께 복 빌 일 있나 뜬금없기는……

근래 고도리 끗발 오르는 다락헌 장 처사다

탑하고 붙어먹은 탑리 김 약사와, 광만 파는 이 장로도 온다며

일곱시니까 알고나 있으란다

연이어 울리는 박 사장의 목청 꾸불텅꾸불텅 뿔뚝골 났다

지가 주진가 내가 주진가 해명 좀 해도!

주말농장 갔다가 다락헌 장 처사한테 호출당했다며

오늘은 고초당초 매운 맛 보여주겠단다

사정이 여의치 않아 입술만 달싹거리고 있는데

초파일 앞두고 등 달잔다

몸 못 오면 기어이 시줏돈만 보내도 된단다

화엄과 반야의 길 너머

만 사람의 책 펴내겠다는 만인사에서

시 공부 핑계 겸 능청스레 화투장 펼치다 보면

팔월 공산 흑싸리 쭉지 같은 세월

오십 줄 허위허위 건너가는 덜떨어진 사내들

관세음보살 나무관세음보살 갓바위 쪽으로 등 하나 내걸고픈

5월 봄밤, 시름을 달래보는 뷰티플 선데이겠다

경전은커녕 염불소리 다 삭아

몸도 마음도 갈앉은 백골단청 시간이겠다

만인사 2

장형! 아직도 울고 있나?
한숨도 못 잤다 이 사람들 말이야 세 사람이 짜고 치고 말이야
그래도 그만 일로 부리키가 되겠나?
약 올릴라꼬 전화했제 내사 마 단단이 삐꼈다 고스톱 판에
서는 천 원에 목숨 거는 기다
눈물 맛이 어떻던고?
거 박형 맘 알겠데 판판이 깨질 때 그 심사 왕따처럼 훤하게
딜다 보이는 기라

행장도 못 꾸린 맨발로 부르면 피바가지 쓰듯 불리가는 기
세상살이라지만
지 혼자 오래 살라꼬 비겁하게 술도 안 묵고 시 쓴다고
인생도 술값도 이제부터는 현금이라던 만촌晚村 조기섭曺己
燮 선생!
펄럭이던 만장 꽃비 속에 묻어두고

니 상좌 노릇 잘해래이
박형이 수시로 전화하곤 했는데

당신 그림자

믐빛* 아래

하염없이 길어지던 어둑새벽까지

염불이든 잿밥이든 법 구할 일

말씀이 풀린다**던 음성도 놓치고

우두망찰 그렁그렁 눈시울만 붉어지던 땡초 날 우야꼬?

　* 그믐날의 달빛을 이르는 말.

　** 만촌 조기섭의 시 「말씀이 풀린다」

좀 할머니

남해 바닷가 '정자민박집' 좀 할머니
개꽃 말고 참꽃 철에 다녀가란다
진 달라붙고
많이 먹으면 죽는다는 개꽃 두고
춘궁기에 움달아 배 채우던 참꽃 피는 삼월에 오시란다

바야흐로 예닐곱 물때
수룬대에 낚싯바늘 꽂아 진 장화 신고
횃불 들고 가보면 바닥에 낙지가 자연적으로 기다니고
어쩌다 도시에서 댕기러 온 상급반 손녀딸
저그 아배랑 한 셋트로 나서서
잡는 즉석에서 꼬랑탱이 여덟 개 다 뽑아가 먹어
나중 션찮은 총각 만나면 식겁할 거란다

갱번에 물 빠졌을 때
이놈들이 제 집 구녕마다
표신이 다 다른 수덤을 만들어서는
펄을 조금씩 불어서 올리는데

갯벌 체험 온 아아들 모다 손녀 같고 손자 같아
어촌계 간부 눈치 봐가며
은근슬쩍 모르그로 낙지 파준단다

애발시리 허둥지둥 살아온 세월
꼭 바람 길만 같아서
참말로 좋아갖고 기쁜 소리 해쌓는 것 보고 잡아
미운 짓거리 자꾸 하다 보니
당신이 정녕 문항마을 일등 좀이란다

도끼 백힌 이야기

산청군에 심원사라는 절이 있고, 그 마을에 이름은 모르겠고 그래 성은 조曺가고 부자여 열 살 전에 즈그 아부지 어무이 다 죽고 삼돌이라는 머슴아가 조 부자네 소 키우고 꼴머슴 살았어 마침 절에서 부처님 개금도 벗겨지고 비새는 대응전도 고칠라꼬 석 달 열흘 기도 마치는 회향날 꿈을 꾸니께 내일 화주책 짊어지고 처음 만나는 사람에게 보이라 했는데 바랑 진 채로 산문을 나서다 삼돌이를 만나 하도 기맥혀 털썩 주저앉았어 웬걸 삼돌이 요량 없이 삼십 년 새경 장개도 못 들고 다 내놓는 거라 피나는 돈 어찌 받겠노 싶어도 그에 갖다 줘 기와 번와 하라는 거라 그런 삼돌이 내리 삼 년 걸쳐 안질뱅이 뻘찌 당달봉사가 되어 죽어버렸지 병 고쳐 돌라 그토록 기도했는데 이 따위 부처가 무슨 영험 있노? 시님 오죽 부애 났으면 도끼 날 갈아 부처님 이마를 사정없이 찍어 버렸겠어 시상에나! 암만 용 쓰고 동네 사람들 일심으로 붙어봐도 백힌 도끼가 안 빠져 그 질로 가사 장삼하고 바리때 싸들고 팔도강산 구비구비 떠 헤맨 거라 머릿속에는 항상 도끼 생각이 안 잊혀 그러구러 서른 해가 흘러흘러 어느 날 고을에 원님이 왔는데 사람들 모이가 쑥덕거리거든 원님이 도끼를 만지니 그제사 빠지는데 도끼날에 화주시주상봉化主施主相逢이라 써 있더래 옳거니 알았다 떠돌이 탁발하던 시님과 원님 된 삼돌이가 다시 만난 거지 원래 팔자에 안질뱅이 뻘찌 당달봉사가 전부 들어앉았는데 신심공덕으로 한 생에 다 받은 팔자 전생이 훤하게 열려 이제 알은 거라

  우리 죄 짓고 복 진 거 절대 하루아침 한목에 다 안 받아 지금 여기 주지시님도 중풍 낫잖아 훗생에 받을 거 미리 받잖아 삼돌이 이야기는 나 중질 육십 년에 보태고 자시고 할 거 없이 들은 대로 딱 고대루여! 세 번 받을 가보를 한 번에 받았거든 욕지전생사 궁금타 이 풍진 세상 점칠 것도 사주 볼 것도 없다고 해 원 바로 세우면 짓고 받는 인연이나 공덕이라는 거 가피 입어 원 대로 다 되는 거여

조탑리 연꽃

안동시 일직면 조탑리
오층 전탑을 배경으로 연꽃이 피었다

청련 홍련 백련 천상연 가시연 어리연
절정을 이룬 신문 보다가
권정생 선생 생각을 했다

언젠가 동화를 선보인 인연이 있는데
소설 쓴 사람 같다고
거친 표현 고치도록 해 당선시키셨지만
탑처럼, 감감
이십수 년 세월을 탕진하고 말았다

세상사 아득한 낭떠러지
동화 한 편 제대로 못 쓰고
어두운 물에서도 용서나 반성처럼 피는 꽃,
오래 앓고 난 뒷날처럼
조탑리 연꽃 공양하러 갈거나

물소리 무량하다

매흙을 바르듯 그 이름 지웠습니다
나이 들어 인연을 맺거나 끊는 일
아슬아슬한 눈빛이나 아름다운 죄 같은 일이겠거니
연 이레 앓고 일어나
구름 끝 무심하게 매달린 풍경 너머
한 생을 건너온 무두질의 북소리 잦아드는
무량수전 앞에 엎드렸습니다
오장육부 구석구석 비우도록
천수경인지 해탈경인지
차마 그 많은 독경 혼잣말로 다 삭인
목어는 어찌 그리 우렁우렁거리던지요
무량 무량
저, 헤아릴 수 없는 물소리로 흘러간 이름
백골단청 배흘림기둥이나 부여잡고 불러보는
탑 그늘은 오소소 깊고
무진장으로 우는 짐승 소리 오래오래 들렸습니다

난실이

오방색
한낮 농익은 적막의 뒤뜰 그림자가
진해졌다가 한순간 묽어졌다가
검게, 희게, 붉게, 누렇게, 푸르게 번차례로 일렁거린다
당신과 매일화랑 옆 다방에서 맞선 보던 날
구멍 뚫린 남방 입고 나왔더라며
두근 반 세근 반 홍조 띤 얼굴이 감감하게 희어졌다가 쨍쨍
하게 그늘져
곰곰 흐려진 철필 글씨 속절없이 구겨지는 원고지 칸에 지
레 갇힌다
그런 토막생각의 꼬리는
윗니 빠진 갈가지 우물가에 가지 마라 붕어새끼 놀란다고
놀려먹듯
아장아장 쫌쫌 첫 행만 수차례 썼다 지웠다가 이내 젖어들
면서
생뚱맞고 낯설게 말 벼르는 일에 잔뜩 코 빠뜨린 채
시노래에 음표를 적거나 소리를 덧대거나 화음을 입히는 일
에 골똘하게 이어지기도 한다

시마詩魔 들린 옛사람 누구는

시 짓느라 이빨이 다 빠지고 눈썹이 떨어져 나갔다는데

온갖 적요와 갖은 마음의 궁기와 세상살이 부끄러움 온전히
감당하지 못할 때

때로 비겁한 변명인 듯,

아니 막판에는 뜬소문에 홀린 것처럼

남몰래 숨겨둔 애첩 난실이 만나러 가곤 했다

아무도 모르리라

오십 줄 넘어 돈 안 되는 시인되어 끙끙 늦바람인 양 끙끙이
속 감추었다가

장다리꽃 같은 수줍음, 깻단 같은 설렘 머금고

님 보고 온 듯 다시 씽씽해지곤 하던 내 얼굴을

그 언제였던가

초가지붕에 대엽풍란 꽃피어 만방으로 향기 진동하였다고

경산시 대동 142번지 임당 가는 길 어귀

시골집 흙담 위에 애호박 조롱조롱 그리도 많이 달렸더라거나

난실에서 기어 나온 뱀 배에 붙어 꿈속에서도 자지러졌다던
뜬금없이 신혼 시절 딸 아들 태몽조차 다시 떠올렸거니

종종걸음으로 하늘거리는 꽃대 끝
난꽃 향기 품은
하늘의 말씀과 부지불식간 땅의 언약을
시시때때
총, 총, 총
오체투지로 받아쓰기 하고 싶은 것이다

채석강에서

동서고금 허다한 말씀들
못다한 사설이 저리도 분분하구나

책 한 권 펴낸 바 없이
어줍잖은 시인 이름 걸친 사람이나
시집 열 권 낸 사람이나
이곳에선 부끄럽기 매한가지겠다

저 책 짓는데 누구는 일만 년 걸렸다 하고
또 누구는 허접쓰레기 죄다 음담패설이겠다 킬킬거리는데

강물에 뜬 달 잡으려다 빠져 죽었다는
옛사람 핑계 삼아
젊은 날
하고많은 공수표,
밀린 외상값,
벅찬 문장을 좇아 끙끙대던 일
나는 왜 바다의 빈손만 비비며
자꾸 딴전을 피우고 있는가

고양이경經

부인사에는 가사 장삼 입고 싶어 공덕 짓는 고양이들이 있어
낡은 요사채 안방이고 마당이고 기와지붕을 쏘다닌다
수행 방법과 선풍은 달라도
할머니 아버지 어머니 손자 사촌 죄다 한통속 되어
시시때때로 쫓고 쫓기며 불무도를 익히는데
세숫대야가 덜커덩, 석등은 기우뚱, 배례석이 움찔하는
왼갖 호작질 야단법석도 시들하면
벙어리 소경 귀머거리 석 삼 년 작정으로
죽비소리도 내려놓고
화두를 깜박 놓친 햇살 아래
굽은 등 웅크린 잠에 실려 하르르 흘러가기도 한다
꿈길에라도 연꽃을 보면 미소지어 보이는 법
도반도 없이 만행길
영취산 법화경이라도 홀로 들으러 나섰던가
더러 산문을 벗어나다
차에도 깔려 죽고
올무에 걸린 울음소리
맺히고 풀리느라 새벽이 멀기만 하다

지윤 노스님 차마 산 목숨 어쩌겠냐며
하늘 아래 선방과 저잣거리 골목골목의 허튼 인연들 거두어
부처님 말씀을 허공엔듯 주장자로 새겨 가르치는데
―이놈의 자슥들 저리 못가나
　탑 위에 쪼그려 앉지 말그라!
이 야옹 갸릉 갸르르릉 갸르릉 고양이경經 읽어 보건만
탑 그늘도 밟지 말고 훗생으로 냉큼 건너 가랍신다

지윤 노스님

는개 내리는 날
부인사 요사채 앞마당 낙엽 주우며
스스로 신세를 볶느라 굽은 허리 더욱 굽힌다
법랍이니 세수니 그딴 것 말고
올해로 중 된 지 예순세 해
그동안 놀고먹지는 않았소
무심코 내미는 손마디가 휘고 뒤틀렸다
저 비탈지고 뭉툭한 사연
법은 멀고 도 깨우칠 일 잠잠해도
귀하고 은혜 같고 부처님 말씀 참 좋단다
그 모습 은근히 부러워
대책 없이 카메라 셔터를 눌러댔는데
주장자로 때려줄까 보다
서둘러 얼굴을 가리고
안간힘으로 버티고 선 석탑 너머
천 년 전의 빗줄기 서서히 그치는가

어처구니없다

부인사 앞 포도밭에서 깨어진 맷돌 윗짝 찾았다
어른 손으로 한 뼘 갸웃한 높이?
여염집에서 쓴 것은 아니라는 생각이 들었다
한 시절 이천 명이나 되는 스님들 살았고
초조대장경판을 모셨다는데
진작 아무렇게나 사라져 간 돌조각 하나
짐작컨대 옆구리에 길게 난 구멍은
어처구니 꽂아 쓴 자리다
팔공산 순환도로
무릎 아래를 지나가면서
옛 절터는 찔끔 잘리고
흔적 푹푹 묻히어
잊혀진 발자국 새기듯
발굴조사보고서 들쳐보건만
몽고난 때 불탄 경판고 자리도 옳게 모르고
문화관광해설사라고 아는 척 떠벌리자니
나 참 어처구니없다

침 한 번 꿀떡 삼키며

인수백세중명이라는 말,
부처님 백세까지 사실 걸
말세중생 먹고 살라고
이십 년 세월 먼저 가셨다는 뜻이랍디다
부처님 지은 복으로
잘난 화상들 제가끔 살고 있는데
지지고 볶고 한소끔 진흙탕에서 싸우는
개처럼, 물색없이 짖어대면서 누구나 그 먼 길 가잖소?
복은 지어서 갈라먹고 죄는 지어서 혼자 받는다는데
사는 게 죄다 저 모양이니까
복살머리도 없고 덕도 없다지요
문화관광해설사 양반!
그 큰 눈만 껌벅이지 말고 그런 걸 뭐, 가르치고 배우고 그래
할 테지만
누가 앰한 소리하고 애먹이고 험담하면
불현듯 칼 같은 마음이 나잖소
참으라고 칼날 인刃 밑에 마음 심心자다 이 말이오
그거 왜 그랬어 꽥 내뱉으면 원수를 사!

이건 이렇거든 조곤조곤

저건 저런 기라 소살소살

깎은 밤처럼 곰살맞으면 싸움도 안 나고 감동이 되는 거요

해설사 양반도 봉사로 이야기 들려준다지만

맞지요, 복 짓기가 덕 짓기보다 한참 어렵지요

돌이켜 생각하니

육십년 중 노릇 제대로 해보겠다고

한자리 이틀을 머물지 말자며 내딛은 발길마다

염불은 서툴러도 공양간 일이고 밭일이고 소신공양 지극정
성으로 했는 기라

그러니께 침 한번 꿀떡 삼키며 마음 다스리라는 거

이게 다 큰스님들 법문이자 두루 잘 사는 방법인데, 내 말 맞
소 안 맞소?

쌍계사 지나며

이름 모를 부도밭에 간 적이 있다
읽어도 읽어도
한 소식 말씀이 그리운
무진장 경전의 떼무덤을 보았다

용맹정진과 기도의 끝 맹세로 탑을 쌓아 혼절하고픈 그런 마음들아!
부도밭 지나 당간지주와 부서진 석재와 흐트러진 주춧돌 사이 고개 삐죽 내밀어 흔들리던 가을 꽃의 선연한 아름다움이라니 누구라 인연 없이 무심히 지나칠 수 있었겠느냐? 그 절골 도삼이라는 중처럼 경율론 삼장 이고지고 소지공양燒指供養 손가락 태우듯 악다물어 오래된 유래담, 정녕 흘러간 물인 양 게송도 성냄도 상처도 없이 그 어찌 절절한 그리움에 가 닿을 수 있을까 보냐 풀리지 않는 목숨의 화두 하나 먼 탁발 길 바랑에 지고 나선 이가 있다고 한다

빈대구덕 되어 망한 절터
온전히 천년을 견딘 고리비사리나무조차 사랑하다 끝내 앉거나 선 채로 죽어버릴 수도 있으려니 외로운 스님들, 쌍계사 구유가 되었다는 소식 어느 먼 바람결에 나부끼고 있었다

3

조묵단이라는 이름

등짝

지천명 훌쩍 넘어 시 전문지 《유심》에 추천 받았다고
초저녁부터 시인 몇몇 판을 벌였다
—축하해, 기념으로 광 팔아 난 고야! 이형 덕분 우 떼몰려
백담사 만해축전 가겠네
탑리 약사여래 김형 목소리가 유달리 신명났는데
갑자기 딸꾹질 나자, 패 돌리다 말고 벌떡 일어나 처방을 알
려준다
바닥으로 쿡 고개 처박고 히프는 하늘로 잔뜩 치켜든 채 시
범을 보이는 그 꼴이 자못 볼 만하다
—자, 자 모두들 자아알 보시라고 컵에 물 따라 이렇게 거꾸로
빨아 마시면 대번에 딸꾹질 멎잖아 이건 약국에서 돈 받기 힘든
게 단점이거든 봐라, 우리 신인 밥 사니까 돈 따잖아 또 고!
그때 한 통의 전화벨이 다급하게 울었다
—아이가 아프다 카네, 뒤에 오소……
김 시인 목소리가 낮고 조용하게 문지방을 넘어갔다
문득 대구에서 의성, 베이징, 스좌장 거쳐
우루무치, 돈황, 트루판, 천산북로 떠헤매어도
화타나 편작은 세상 그 어디에 꼭꼭 숨은 것이랴

근무력증筋無力症이 끌고 온 굽은 길*
신발을 구겨 신으며 허둥거리는 등짝 뒤로
딸깍, 두꺼비집 내려간 듯 먹먹한 밤이 왔다

*김호진 시 「스좌장 가는 길」에서 빌려 옴.

조묵단이라는 이름

1
죽음마다 필생의 향기가 있다

대구 파티마병원 장례식장, 특1실, 99세, 여, 조묵단
함자가 참 특이하다 싶어 상주한테 슬쩍 물어보니
사연인즉 침묵할 묵默 붉을 단丹 쓴단다
1910년생, 갓 태어났을 때부터
그리 잘 먹어 묵단이 우리 묵단이가 되었다는데
젖배 곯아 그런 이름 얻은 것 아닐까?
당신이 낳은 막내아들
어린 날 재 너머 시집살이 고달픈 누님 보러 갔다 와서
삶은 옥수수 실컷 얻어먹은 거 으쓱거리며 뽐내다
느그 누부야 눈에 눈물 빼러 갔더냐* 이 화상아!
몽당 빗자루로 된통 맞았다는데

오늘은 영안실 복도를 꽉 채운
백 년 동안의 시장기 달래듯 꽃길 만장이다
어허 넘차 어허어 넘차

성주군 초전면 대장리 방올음산 가는 길
붉은 노을빛 한 폭,
몸 떠나가느라 사무치도록 잠잠하다

2
한 죽음을 두고 시를 베긴다

백百에서 하나를 빼 백수白壽를 누린 조묵단 할머니
시골 면서기의 드는 솜씨
배곯지 않기를 바라 묵단默丹이로 불린 게 아닐까?
평생 적게 자시고도 허리 꼿꼿했다는데
말년의 치매기에도
너그 아부지 장에 갔다 오실 때 됐다
등 너머 사래 긴 밭쪽으로 오래 목 빼거나
들밥 이고 밭에 가야겠다며 참 씩씩했단다
손자 손녀 이름 다 기억해도
삼 년 전 세상 버린 맏딸 소식

아는지 모르는지 허퍼 묻지 않더란다
천지간 왔다 가는 웬 인연줄이 이토록 선연한가

휘이 휘어이
길고 긴 봄날의 허기, 아지랑이처럼 피어오르는
백 년 만에 비로소 하늘 길 꽃단장 이룬
온 가슴 절절하게 풀리는 그리도 긴 선소리구나

*문인수 시 「눈물」에서 빌려 왔으며, '조묵단'은 시인의 어머
니 함자임.

마른 봄날

대구미술광장 잔디밭에 시집 출판기념회 열렸다
개다리소반에 달랑 물 한 그릇
따끈따끈한 시집 북북 찢어 씹어가며
시詩국에 시詩밥 말아 후루룩 쩝쩝 퍼포먼스할 때
검은 뿔테 안경 오늘의 주인공 홍승우 시인
괜스레 허둥지둥 마음만 바쁘다
이형, 저 누꼬? 빨간 조끼 저쩌게는 이름이 거 뭣꼬?
첫 시집 『식빵 위에 내리는 눈보라』
ㅇㅇㅇ 선생님께, ㅇㅇㅇ 님 혜존, ㅇㅇㅇ 형께
제 호주머니 털어 책 내고 신바람 나 공짜로 돌리면서
야, 오늘 장사 잘된다 기분 참 조타!
목 매단 30년 시업詩業 춥고 외로웠던 모양이다
이날 입때껏 책 한 권 펴내지도 못하고
명색이 신춘문예 출신 동화작가인 나는
갑자기 똥 마려워 전전긍긍
마른 하늘 별이라도 따고 싶은 봄날이다

가볍디가볍다

소각 중 소각 완료 냉각 중…
고인의 이름자 밑에 문자등 켜지던 60여 분은
턱없이 길거나 미련없이 짧다

한순간의 서먹함, 오뉴월 땡볕을 피해
적막 또한 무람없이 완강하고 범접할 수 없는 것이어서
대기실에서 소고기국밥 한 그릇 우격다짐하듯 뚝딱 비우는
사이
말년엔 대소변도 제대로 못 가렸다던 고종형님
망연자실 컨베이어벨트를 타고 온다

쓸어모으면 몇 줌이 될까 말까
어림짐작으로 되가웃 가루 분말이
희다 검다 쓰다 달다
저토록 할 말이 진하다

'태산을 넘어 험곡에 가도…빛 가운데로…'*
나아가고 싶었던 망구望九의 가멸찬 영혼이여

유언이나 행장은 없어도 결곡하게
무슨 미련과 연민을 남겼던가

침묵 뒤 이어지는 일동 묵념
서늘한 이별의 수순을 밟으며
각자 남은 여정이 있고 돌아갈 길이 바빠서
유족이든 문상객이든 잠시 허허로운
실로 목숨의 무게는 얼마나 무겁도록 가벼운 것인가

  *찬송가 445장 중에서

춘자싸롱 가고 싶다

박곤걸 시인 돌아가셨을 때다

뒤늦게 문상 온 문무학 시인이 말문을 열었다
—박진형 씨 안 보이네?
—구석에서 울면서 조시 쓰고 있을 깁니더
소설가 엄씨가 냉큼 그 말 받았다
—상가에 와가 좆이 서가 되는교?
—허허, 인간이 다 그 좆심으로 사는 거 아이겠나
—하긴 뿌려야 거두는 거 맞기는 맞제!
뒷말 툭 툭 주거니 받거니 반죽 맞추고는 했다

살아생전 여러 후배와 제자들 중
박진형 시인 뒤집어 쓴 그늘이 유독 크고 짙었던가

당신과 가곤 했던 춘자 아지매 국시집
먹다 남긴 국숫발마냥
맥짜가리 하나 없는 등신 어바리가 되어
모두들 한세상 개개풀린 낯빛이었다

시인 장하빈

알고 보면 서로 백 번 만나기 힘든 세상
오늘은 고료 받았다고 석류나무집으로 나오란다

백만 원 넘게 버는 보충수업도 마다 하고
이번 방학에는 구십 노모 자기 집에 모셨다며
시 한 편 보여주는데,
막내아들 가슴에서 가랑가랑 잠들었다가
미내미댁 관향의 논두렁 밭두렁 찾아가는 길 멀고도 따뜻하다

이형! 삼만 원짜리는 되겠제?

스무 해 근무력증 앓던 첫 아들 떠나보내고
암으로 밥통 들어내고도
뒤늦게 시 쓰는 일 행복하고 고마운 모양이다

왼쪽 주머닛돈 꺼내 오른쪽 주머니에 넣고는
고료 받은 것 기어이 밥 사겠단다

어떤 농담

시인 되면 나라에서 봉급 주는 줄 알았다는 김동원 시인
텃밭시인학교 학생들 앞에 게거품 물며
시는 하늘이요 우주요 일인 제국이란다

금강산 상팔담에서 만난 명승지 종합개발국 김 동무 생각난다
—남조선에서 무슨 일 하십네까?
—시인입니다
—능력이 참 탁월하십네다 통일 되면 내 고향 대동강 소주
에 숭어술국 꼭 대접하고 싶습네다!

나 화장품회사 신입사원 때 딴전 피우다
—문학이 너 밥 먹여 주냐?
핀잔먹은 것 오늘 같고
—김양아 나 외로워 죽것따아 뽀뽀나 함 하자!
통사정하며 술주정 한 일 어제 같은데

시라는 당신에게 세든 탓에
아파트 부금 매달 칠십만 원씩 평생 갚아야 한다며
살아온 날 기적 같다던 말 그예 알겠다

죽방 멸치

남해바다 지족이나 창선 저런 데는
옛부터 죽방렴이라는 것이 있는데
대나무 갖고 부챗살 모양 발을 하기 때문에
한문으로 죽竹이라 헌다대요
좁은 물목으로 흘러 온 메루치를 잡을 때
미스코리아 맨쿠로
낯빤데기 반반한 거는 미인이라
특품은 80만 원짜리도 있다 카대요
소문에 그래 쌓던데
잘 안 나지만 어쩌다 났다 카면
고가금은 돈쟁이들이 다 사갈 정도로 인기랍디다
메루치라면 참말로 은빛이 살아 있고 팔딱거려야 쓰것는데
요즘 사람 왼갖 장비로 꼬부라지고 휘지도록 잡아 쌓으니
원시적으로다 인간적으로다 죽방어장에서
엉허야 뒤야 어기여 뒤여
멕이고 널름 받아치는 후리질소리 같은 거 들을 일도
우리 살아 당년에 죄다 끝나것다 싶어 맴이 조매롭지요

묵국수를 먹다

강원도에 백 년 만의 폭설 내린 날
질척거리는 불로시장을 어슬렁거렸다
식욕에도 무장 눈발 어룽진 얼룩 같은 것이 있다면
더러는 위로받고 싶은 허기진 시간도 있어
묵밥, 묵국수 팝니다 허름한 현수막 펄럭이던 묵집에는
마지막 끼닛거리처럼 식탁이 달랑 두 개뿐
주인 할아버지는 끓는 메밀 솥을 주걱으로 연신 휘젓고
묵 치는 할머니의 등은 해거리 비탈밭처럼 꾸부정한데
답답하고도 설운 심사 달래듯
묵국수 사발에 꾸역꾸역 고개를 처박았다
십 년 넘게 꾸려온 화장품 점포를
무조건 비우라는 집주인의 건물인도 청구소송에
오늘은 어쩔 수 없는 답변서를 작성해야겠다
애꿎은 송사에 변호사도 사지 못한 자에게
때로 산다는 건 쓸쓸한 식탐처럼 자꾸 목이 메는 것이라서
귀때기 파랗게 질리는 난전 시장통을 돌아
지지눌러온 분노와 용서 사이
봉두난발로 분분한 눈길을 하염없이 걸었다

아직도 2,000원

경상감영공원 뒷길
간판도 없이 성업중인 국숫집에서
잔치국수를 먹는다

스스로에게 공양하듯 마짓밥 올리듯
먹는 음식과 마음공부는 다른 것이 아니어서
젓가락질 하나에도 저마다 지극정성이다

치레와 입성은 달라도
국숫발 힘에 기대어 또 하루를 살아가야 할
목구멍 아래의 저 백년 허공

삼삼오오
혹은 호올로 우두커니
먼 세상 절뚝이며 가만가만 걸어온 사람들
2,000원이면 아직도
호로록 추르륵 한 방울 국물까지 남김없이
밥술깨나 먹은 듯 뱃구레가 빵빵해지는 것이다

천 원 공양

옆자리 구멍난 양말 신은 김선굉 시인 보고 요즘 형편 어렵
냐고 누군가 장난으로 건넨 그때부터였을 것이다 돈 안 되는
시집 내느라 애썼다고, 문학상 받으러 서울 가는 차비 하라고,
모임에 늦었다고 글벗들끼리 천 원짜리 건네거나 뺏고는 했다

군대 시절 장난기 심한 선임 하나 천 원으로 청자담배 한 갑,
보름달 빵 세 개, 경월소주 한 병, 쥐포 두 마리 사고 거스름돈
은 너 하라고 갓 전입 온 신병들 놀려먹고는 했는데

천 원이면 아프리카에서는 일주일 식량 살 수 있다고 한다
한 생명 위한 링거액 구입하거나, 다섯 어린이에게 소아마비
나 홍역 예방접종할 수 있다고 한다 시력 상실 예방하는 비타
민 A캡슐 80개나 구입할 수 있다고 한다

세상 물정 외면하고 허투루 설렁설렁 걸어온 길 나 문우들
에게 어이 신인! 이라 불리며 늦깎이 시인된 것, 마치 하늘은
둥글고 땅은 네모난 지상의 별빛 아래, 바둑판 화점 놓듯 배꼽
점에서부터 총총 빛나는 노래이게 하나니

당신께 천 원, 따순 밥처럼 공손하게 드릴 수 있다면 참 좋
겠다

그 이름을 심다

아끼는 후배는 갓 화장한 유골함 배낭 지고
당신과 즐겨 거닐곤 했던
팔공산 산길 따라 천천히 숨어들었다
땅 한 평 없이 몰래 무덤 쓴다는 것은
못다 한 회한, 오랜 곡진함을 서둘러 감추는 일
뭇사람의 눈길을 피해
세속의 미망과 흥성스럽던 날의
그 분분한 인연과 절차에 야전삽질을 하며
큰 나무 아래 반나마 무릎 꿇은 채
당신의 이름을 심었다

잠시 기우뚱거리다
푸르죽죽 주눅 든 길섶
한낮 텅 빈 달팽이집 같은 점액질의 생애가 저러하랴
뜬세상의 제상祭床도, 없는 봉분도, 이마의 땀방울도
어혈같이 죄다 숭굴숭굴 맺히는 것이어서
나는 수굿한 고개 돌려 자꾸
헛기침을 해대곤 했는데

그날 따라
유독 그늘져 길어 보이던 후배의 인중 너머
세상의 처소 좁다랗고 강퍅진 골목길에서 나 외따로이
울고 싶어도 아무 말 할 수 없었던,
삼십 년 세월 걸음 한달음에
진작 천하에 몹쓸 고아 하나 거기 서 있었다

노래나 한 곡

뒤풀이 자리는 살아온 이력만큼 왁자한데
매장 비우고 사흘거리 나다닌 터라 술맛 땡기고
분위기 젖어 낄낄거리다가
수상 축하만 하러 다니지 말고 상 좀 받아오라는
느닷없는 마누라 전화 받고는
볶이는 재미로 살지 뭐, 비틀거리며 일어나
흩어지고 달아난 구두 한 짝 찾다 보면
닳고 구겨진 모양이나 크기 제각각인데
뒷간 가는 길조차 왜 이리 뒤뚱거리게 만드는가
술이 웬수라 죄다 토하고
물색없이 눈물 찔끔거리다 보니
유치원 교사 작파하고 화장품 파는 마누라 생각나
화장품회사 십 년 끝으로 가게 떠맡기고
질라래비훨훨
내 흘러온 길 뒤집히고 흐트러진 신발짝만 같다
그 누구라 살며 박수 받고 상 받을 일 한 번 없으랴
에라이,
판 끝나기 진 멋들어지게

세상은 바람 불고 고달파라 나 어느 변방에~*
노래나 한 곡 불러 젖혀야겠다

*이제하의 자작곡 「모란동백」 중에서

쭈뼛쭈뼛 석류나무

모처럼 약밥 싸 들고 외삼촌댁에 갔다
뭘 이런 걸 다 가져 왔냐
외숙모 연방 손사래 치시고
우물가 석류나무 볼그족족 잇바디 수줍게 드러났다
외삼촌은 요즘 어떻게 지내세요?
아파트 경비 일도 떨어지고
내외간 조곤조곤 얼굴이나 맞대고 있지 뭐
석류나무가 부쩍 커 보이네요
저 양반 처자식 내몰라라 하던 그 봄에 안 심었나
하마 삼십 년도 넘었을 거라
헛 참,
그것 참,
연방 헛기침 터트리는 외삼촌 어깨 너머
젊은 날 아련하고 무츠름하고 부끄러운지
늦바람인 양,
구시렁구시렁 팽팽하던 근육도 풀고
쭈뼛쭈뼛 백 개도 넘는 열매를 달았다
신경통 달래듯

외숙모 얼굴은 툇마루 빛을 닮아가고
한 해 석류농사 시고 단 맛에 홀린 나는
추석 밑 유난히 고운 저녁노을 오래 바라보았다

순천만 풍경

어떤 울음이 남긴 저토록 자심한 흔적인가

툭,
배꼽시계도 멈춘 자리
나직나직 오래 익숙한 목소리 거두어
열명길 전송하듯
삼가 뒤늦은 제문祭文이라도 읊고 싶다

사는 일,
수수백년 구부야구부구부가 열 두 고개
어허이 어허 상두꾼 상여소리, 길잡이 꼭두 앞세운 너울너
울 붉고 흰 꽃상여
이쯤에서야 S자형 갈대밭 물길에 죄 실어 보내고
홀로 사무칠 노을빛
넓은 뻘밭 다 저물도록   우두커니 지켜 서서

잠잠,
굽이굽이 먼 길섶

그 오랜 인연의 실밥처럼
망연자실 자꾸 묻어나는 사람 하나

객창客窓

임하댐 수몰되기 전
지례예술촌 앞 강변을 쏘다녔다
필생의 돌 한 점
가쁜 숨결로 만나고 싶어
하늘 땅 사이 그 산빛 물빛 그늘에 기대어
굽이굽이 마음 널어 말릴
달밤에 기도하는 여인의 문양 한 점 얻어걸린 적 있다

분별없이 욕심 부린 탓일까
물이끼 씻어내느라 마음 바쁘던 우물가에서
벗어둔 약혼시계 깜빡 놓아두고 떠나오고 말았다

속절없이 길들은 허랑방탕 흘러가고
언약처럼 나 사랑을 돌에 새기려 했으나
날 저물도록 돌아갈 곳 없어
때로 니나노 젓가락 장단에도 무릎이 푹 젖는 것

달 그림자 이우는 객창

옛 여인의 얼굴이 물끄러미 걸리는 수몰지엔
두고온 가을빛조차 쌍무지개로 내걸렸겠다

4

지른다는 것

반 평

행복공감
대한민국 국민 뉘귀라도
행복하기를 원합니다

福
덤뿍
411-××876549
30억 주인을 찾읍니다

빛바랜 포스터 아래, 가판대 신문 보는데
돈 내고 사 봐야지!
때 잔뜩 낀, 어눌한 목소리 튀어나왔다

삐딱한 고개와, 돌아간 입을 하고
제대로 몸 가누지 못하는 사내
오줌 똥 마려우면 어찌하는 걸까

종일 통속에 갇혀

한숨 쉬거나 요강에 침 뱉는

0.6평, 대경교통충전소엔

오늘도

로또복권 팝니다

일등 테이크아웃 전문점, 버거천

시장기 슬슬 동하는 애저녁
'배 고프니까 처 청…청춘이다'는 혀 짧은 말
푸짐하고 맛있는 컵주먹밥 탄생을 알리는 광고였다
대세는 군더더기 없는 고소한 맛
맛, 가격, 정직성에서 1등! 버거천이란다
물가는 치솟고
내리는 것이라고는 투덜투덜 하늘에 비밖에 없군……
홧김에 서방질한다고 천 원 갈비버거를 구백 원으로 확 내
렸다

황비홍 퓨전요리 선술집 옆 딱 한 잔 인정대포집, 돈豚방석
왕갈비, Mr·봉 스파게티, 신辛 꼼장어명가 모퉁이 돌아 sexy
Bar 버디 칵테일·맥주·와인도 지나 막창 조개 고추장불고기 뒷
말 줄인 막조고는 1인분에 구천구백 냥 무한 리필이다

일등 테이크아웃 전문점 버거 1,000
천막 외벽마다 광고 문구로 도배한 포장마차,
운 좋으면 천장으로 별 뜰 수도 있을까

애저녁부터 신새벽까지
'생생 정보통' '1박2일'에 방영되고 싶은 꿈 있어
늘 목마른 청춘이다

김수우 씨

빵소니차에 치인 사흘 동안
중국집 배달부가 홀로 죽어갔다

어릴 때 고아원을 뛰쳐나온 탓에
날 무시하느냐!
세상에 불 지르려다
징역 살고 몇 차례 소년원에도 다녀온 사람

한 달 칠십만 원 벌어
고시원 드난살이 팍팍했지만
매달 십만 원을 불우한 아이들 후원하고
보내온 아이들 사진과 감사 편지가
유일한 보람이자 희망이었던 지상에서의 삶

55킬로그램 체중에 키는 158센티미터
장기 기증 약속과
죽어서야 보험금 사천만 원을 후원회에 남긴 철가방 아저씨
한 평 반 창문도 없는 쪽방 영정사진 속에서

쉰넷의 김수우 씨 그가 웃는다

—세상살이, 당신도 행복하십니까?

널

저 작것 오사랄 놈아
워짜까이 이 염병허니 써글 놈아
장난도 정녕 그럴 수는 없는 것이지
니 엄니 혼자 이제 어찌 살라구
이것이 다 무신 짓거리여
애비 얼굴도 모른 채 징그러운 세월
죽은드키 기어서라도 바지락 캐어 잘 키우고 싶었드만
사방을 가둔 뻘 매크로 폭폭한 가심
세상 낯짝, 바다 깊은 수렁 아닌 곳 있다더냐
눈 뜨면 널 타야 하는 지상의 열명길
날이 날마다 휘청, 아득하게 발목을 빠트리면서
하루를 백 년 보드키
산 목심 그 어찌 널 위에 몸 눕힐 것이여

생의 끄나풀 간당간당
고향 바다에서 칼질로 마감되는
설경구 주연의 조폭영화를 보는
그리 어둑어둑하도록
막막한 새벽

여가 이젠 내 집이다

1

지난 추석 대목 아래

치매 들린 장모님 뵈러 부천 현대요양병원 중환자실에 갔다

"야들아, 오늘은 별 본 것 같고 참말로 꽃 본 것 같구나 옆자리 영감은 그 많은 자석덜이 물고 빨고 주워 싱기더니 한번 가뿌리곤 다시 오지 않더라"

남순이 우리 남순이 그토록 바랐다건만 니가 누꼬? 아지매는 누군교 고맙심더! 정작 막내딸 알아보지 못한다

당신 귀는 부처님 귀 닮았다

늘그막에 복 많다 했거늘, 어쩌다 두 손 악수握手 씌우고 버선발 침대에 묶어 움짝달싹 링거 줄에 산목숨 떠맡겨 놓은 신세일까

"반갑고 지극정성으로 고맙데이 내는 너그가 이실이라 카면 이실인 줄 알고 김실이라 카면 김실인 줄 안다 하마 하루에도

몇 번썩 이승 저승 넘나들이로 오르락내리락 숨 가쁜 신세 되
뿠는기라 이젠 여가 내 집이다"

　잠시 제 정신 돌아오자 손자 손녀 딸네와 사위들 일일이 손
잡아 보고는 돌아가 쉬라며 재우치더니, 까무룩 잠결에 실려
그예 먼 길 잦추어 제집 찾아가셨다

　2
　아파트 마당귀에 버려진 꽃나무 화분 보면 향년 94세 졸卒,
힘 좋으셨던 당신 생각난다 평생 전셋집 옮겨 다니면서도 허
구한 날 온 동네 꽃나무들 인천에서 의령까지 시외버스와 외
동아들 승용차로 실어 날랐다 내 소담스런 처갓동네 경남 의
령군 신반면 두실리 산 1번지 살아생전 장인어른 누운 산자락
들머리가 시시때때로 마른기침하듯 쿨렁거리곤 했다
　크거나 작거나 샀거나 공짜로 얻었거나 귀하고 흔한 나무
내남 없이 안 가리던 그날 그 시간이 정녕 언제였던가 틈 나면
진 땅 마른 땅 궁서체 굴림체 돋움체 섞어 일필휘지 붓질하듯

아니 탑 쌓듯 한 송이 백 송이 천 송이…… 천만 송이 세상 천지 다 환해지는 꽃시詩를 철따라 튀밥 튀기듯 꽃피우시더니, 드디어 두곡마을 두실댁 온전한 집 한 채 유인은진송씨지구儒人恩津宋氏之柩 오색 비단천 테두른 붉은 바탕에 흰 글씨 문패처럼 덮어쓰셨다

한밤중 일없이 깨어 이 서방 왔다고 해 주시던 왕만둣국 먹고 싶다 이 강산 낙화유수 뜬세상 어느 낯선 땅 허기진 골목길 더듬어 원왕생 원왕생 다시 그런 섬섬옥수 만날 수 있으랴!

물로 승부하다

퇴근길,
동아백화점 수성점 광장 앞 횡단보도 도로변 탑차에서는
제우스 함대 순항중!
여성분들을 VVIP로 모신다면서
물!
물!
물! 참 좋단다
대구의 강남 수성구의 자존심
뉴첨단 성인클럽을 왱왱거리는,
스타벅스 커피가 폼 나게 들어선 곳
연말이면 구세군 자선냄비 종을 쳐대는 곳
잊을 만하면 고무다리 장애인을 풀어놓는 곳

어느 겨울 저녁
광장을 끼고 신호 기다리는 사람들 뒷켠에서
배밀이 수레에 은전을 구하다 끝내 바지에 오줌 싸고는
희미한 웃음짓던 마흔쯤의 한 사내를 보고야 말았는데
제우스 함대에 동승하기 위해서는

기본 주대 삼만 원이 있어야 한다
구 아리아나호텔 제우스 성인나이트는
모델급 미스와 미시 백 명이 항상 대기하는 곳
어찌 좋은 우리 구주 온몸으로 찬송가를 밀고 가야 한다

때로, 세상 걱정 근심 위안 받고자
아기웃음 찾기보다 뉴첨단 성인클럽에 가고 싶다

할렐루야!
아무렴, 노는 물이 달라야 한다
앞서 가는 수성 문화인이라면 진정 물로 승부해야 한다

봄날을 푸념하다

'오늘은 하나 팔아 줄까 싶었더니……'
돌아서며 무심코 터져 나오던 속엣말

허우대 멀쩡한 얼굴 보고
지레 외면했건만
곱사등이 뭉툭한 가방
새 다리 뒤틀린 발목에 낚이고 말았다

땅바닥에 덜퍼덕 주저앉아
무심하게 뻐끔뻐끔 피워 올리는 아지랑이
꾀죄죄하고 오종종한 땀방울이
허드레 양말과 칫솔이나 볼펜 같은 것에 번들거린다

윈도우 너머
죄지은 듯한 등짝을 지켜보다가
'봄날을 팔고 다니는 걸까?'
내심 알은 척하고 말았는데

양발 네 족 한 세트 만 원 받으면
원가 사천 원 제하고
장애인협회에 또 천 원 떼는데
하루 온종일 다섯 세트밖에 못 팔았단다

물색없이 지폐 한 장 건넸다가
"나 다시 힘 좀 내 볼랍니다"
버캐 낀 목소리 듣고 보니

꽝꽝 채송화, 납작 민들레, 편평 냉이, 쓴 맛 씀바귀 사이를
땅강아지 한 마리 기어가는 앉은뱅이꽃 봄날에
정말 누가 곰배팔이인지 몰라
푸념처럼 얼굴이 홧홧 달아오르는 것이었다

임방울 소리

길 따라 늘어서서 푸는 목, 찍는 목, 떼는 목, 감는 목, 미는 목이 한창이다

낙지가 왔어요 물 좋고 싱싱한 낙지 열 마리 한 보따리가 오천 원 시장 가격의 절반 확인하세요 횡단보도 옆 트럭 스피커는 죽겄다 죽겄따아 죽구재비가 되어 온종일 밭은기침을 해댔다 예쁜 아가씨만 보면 징징거리며 달뜬 표정이 되는 딸기가게 총각은 아까부터 핏대가 섰다 밭에서 방금 따온 딸기가 일 킬로에 삼천 원 던지듯 퍼질러놓은 메리야스를 실은 봉고차에는 '자살판매 50~70% 에라이 점포정리다아아!' 써 붙였다

돌나물 한 소쿠리에 이천 원, 달래 한 무더기 천 원, 비닐 랩에 싼 양송이 한 묶음 이천 원, 호떡 세 개 구백 원, 즉석튀김 도넛이 열 개 팔백 원

자, 싸다 싸 이판사판이다

노릇노릇 절정을 향해 단순해지는 황금붕어빵도 다섯 개 천 원, 먼지 털고 때 빼고 불광 내는 구두닦이 김씨의 가벼운 손놀

림도 이천 원, 척척 일 분에 한 그릇씩 순하게 말아내는 지례댁
잔치국수도 이천 원

　어허, 쑥대머리 귀신형용 적막옥방 저잣거리 허기진 숨결로
슬쩍슬쩍 아니리와 발림에 서름조 수리성 섞은 저 소리를 보
아라

　허튼 춤,
　목숨의 매 순간
　제 나름의 더늠에 기대어 백년하청 기다리는
　이다지 도저한 난장亂場이구나

지른다는 것

이십 년 넘게 꾸려온 '박가분朴家粉' 문 열자 마자
　오늘은 꾀죄죄한 입성에 예사롭잖은 표정의 할머니 한 분
들어선다

　—몸이나 방에도 뿌리는 향수 하나 보여 보소 내한테 몸 냄
새 쿰쿰하다는 그 짠한 말 차마 우짜겠노 지나 내나 영세 아파
트 달셋방 주제에 다닥다닥 붙어 천날만날 싸울 수도 없고
　—불가리나 버버리나 랑방 같은 향수가 좋긴 한데, 이런 건
보통 사오만 원씩 하는 겁니다
　—그기 뭐꼬? 이름을 잘 모리겠는데 쫌 더 헐코 좋은 건 없
으까 장개도 못들고 나이든 아들헌테 백인 냄새야 삭일 수 없
다 치고, 이래뽸도 젊은 날 혼잣몸 되어 칠십 평생 깨끗코 정하
다는 말 들어 왔구마
　—할인을 많이 해서 싼 건데 처음 보신 이것도 좋은 겁니다
　—그라마 사장님이 좋다 카는 거 함 지를 텡께 그거 한 분 줘
보소 지처럼 남방 놈인지 서방 놈인지 하고 자개농은 없다만
호락호락 내내 무시당코야 우에 살겠습디까?

저 헛헛한 쇳소리의 그늘엔 꽃댕기 팔랑대던 유년의 고무줄 놀이와 혼인색 가을날 노란 은행잎 빛깔의 풍경이며, 무전취식처럼 먹성 좋은 그리움의 향기로 감싼 노래까지, 다복다복 외롭고 가난한 날의 펜글씨 같은 시절 인연들 죄다 깃들었거니

잠시 잔손금 많은 한때의 왕년을 잊어버리고, 고쟁이 속 꼬깃꼬깃한 만 원권 두 장 곰삭은 속내인 양 군내 나는 세상의 허공 그 너머 어디론가 종주먹질하듯 찌부드드 퍼지고 있었다

낭패

일혼에 능참봉 한다더니
쉰 훌쩍 넘어 시 전문지에 신인 추천 받았다
느닷없는 전갈에
잠시 허청거렸던가 더듬거렸던가
맹독이 심장 쪽으로 스멀스멀 퍼지면서
약력이니 소감이니 인물사진이 하얗게 지워지고
말이 궁색하던 오랜 병통
허물 벗으며 드러났다

이것 참, 낭패로구먼
무심하게 딴전 피워 보는데
이보게 신인!
앞발 긴 이리[狼]와 뒷발 긴 이리[狽] 함께
업고 업혀야만 다닐 수 있다는 그 깊은 뜻 아는가
치명에 들리도록 서른 해
가뭇없이 허우적거리던 진창길에서 만난
우리 서로 낭패 볼 일만 남았다네
축하, 축하함세!

이제 밤잠 설칠 일만 기다린다며
모르핀 같은 극약 처방이라고 낄낄거리는 이 누구신가

어여 무라

두어 시간째 뱅뱅
같은 자리만 맴도는 모습은
흡사 곱사등이 팔 다리 잃은 풍뎅이 같았다

누군가의 신고를 받고
아들뻘 경찰관이 달려오고
뺏길세라 겁먹고 움켜쥔 보따리 아래
양말도 없이 드러난 맨발이 추워 보였다

아이고, 미운 년 불쌍한 년 보고잡은 년

이어질 듯 툭툭 끊어지는
주름살 가득한 기억을 되짚어
동네방네 한 바퀴 두 바퀴 세 바퀴

산후조리원을 바로 코앞에 두고도
잦아드는 목숨줄 허술한 무릎 앞세워
한평생 조붓한 길 자드락길 등굽잇길 그리도 멀었구나

세상 딸년은 다 도둑년이여!

해산바라지 미역국은 진작 싸늘하게 식었건만

"어여, 어여 무라"는

파꽃같이 백발성성한 쉰소리가

새삼 눈물바다처럼 병실을 울리고 있었다

신랑감 있습니다

영상통화로 맞선을 보는
마흔세 살 경주 최씨의 꽃피고 싶은 봄날
베트남 땅 스무 살 신붓감은 한껏 수줍기만 하다

—안녕하세요?
하고는 할 말 없어 서먹한데
—아가씨 우리 며느리 꼭 좀 되어 줘요
옆에서 시어머니 자리의 달뜬 목소리가 필사적이다

흠, 흠
컴퓨터 앞에서 이름도 몰라 성도 몰라
눈만 똥그란 표정의 신붓감에게
철공소밥 손톱밑 기름때 나이 차도 보이지 않는가 보다

백 년 전 이 땅에도 사진 하나 달랑 들고
하와이로 사탕수수밭으로 살러간 신부들 있었다는데
스무 번
서른 번

마흔 번도 더 외로웠던 최씨에게는

신혼살림 차리겠다고 장만해 둔 아파트가 십 년도 훨씬 넘었단다

허구한 날 연애 하나 못하고

저 등신 머저리 같은 놈!

시어머니 자리의 닦달과 늙은 푸념이 늘어질수록

팔려오는 듯한 신붓감에게 차마 못할 짓만 같은데

습관처럼 만나는 일요일

오늘도 아리랑호텔 커피숍에는 물 좋은 아가씨들로 넘쳐날 것이다

등불 하나 켜들지 않고 하늘나라 신랑만 기다리는

할머니들, 난전을 펴다

할머니 세 분 갑갑하고 하 심드렁해 자릿세도 안 주는 난전
亂廛 폈단다 저 청도나 자인에서 푸성귀 몇 다발 주섬주섬 싸
들고 와 오명가명 사람 구경 세상 구경 일 있어 재미롭단다

"그냥저냥 이웃에 갈라 묵기도 하고 쪼까 팔아 돈 사면 담배
도 사 푸고 약값도 보태고 내사 덜 심심코……"

텃밭에 심어 거둔 조선 까만 콩, 무말랭이나 깻잎 절인 것,
옥수수 몇 다발 펼쳐놓고 오늘의 새 메뉴는 다발로 묶은 엄나
무다 여자들 손발 저린 데 좋고 남자들 헛배 부른 데 좋고 닭
백숙할 때 넣으면 고기 맛이 참 좋다 가시 있어 예전 잡귀 막는
시늉으로, 부적마냥 대문간에 걸어 두기도 했단다

한 다발에 삼천 원, 한 묶음에 이천 원, 한 소쿠리에 천 원,
말 잘하면 공짜!

'박가분' 매장 앞 텃밭머리 난전 할머니들 시장하셨던 모양
이다 한 세월 제겨디뎌 건너가는 법, 잠시 떡볶이 떠 자시는 수

116

행정진 중이시다 해 넣은 잇바디 오물오물 볼우물 움푹 노랫가락 신명이라도 뻗칠 듯, 저승꽃에도 미소란 게 있다면 이런 때 만화방창 절창이겠다

박스 이야기

아까 박스 갖고 싸운 얘기 함 해보람!

 여기 늘 박스 가지러 오는 할배하고 할매들 있잖아요 할배하
고 할매가 서로 박스 지 먼저 할라꼬 싸우는데 힘으로는 할매
가 안 되니까 어디 쫓아가디 웬 할매 둘을 데꼬 왔는 기라예 잠
시 뒤 보니까 할배가 할매를 밀어뿌가 넘어졌는데, 시멘트 바
닥에 머리 부딪치가 피가 흥건한 기 경찰이 달리오고 난리 안
낫뿟심니꺼
 거 참 대단했심더

성일 씨, 그거 시로 쓰면 어떨까?

내사 할 일 없는 사람들 시 쓰는 놀음이 뭔지 몰라도 서글픈
이야기죠 머리 터져뿌가 할매 박스도 못 줍고 오늘 박스 팔
아 국밥 한 그릇 못 사묵꼬 결국 지가 박스처럼 구급차에 실
려 가뿟는데……

겨울나기

한나절 무 구덩이를 판다
삽날 끝에 찍혀 오르는 몇 줌의 흙이
무모하도록 떨어지지 않는다
허리 굽혀 바닥에 닿을수록
어둠 안쪽에 물기가 배어 오는
땅 속 깊이 무딘 삽날을 꽂고
잔 수염 많은 무를 다듬어 가나니
바람 들어 상하지 않을 겨울밤을 생각하며
답답하던 언제부턴가
무는 꼿꼿하게 하늘 쪽을 향해 눕는다
맹물을 마셔도 목마른 구덩이 곁에서
깊고 은밀하게 그것들을 묻으며
나도 우멍한 구덩이로 누워
안전하게 겨울을 나는 방법의
시작과 끝을 한 백 번쯤 가졌다

서정적 서사, 질박한 휴머니티

이 태 수

서정적 서사, 질박한 휴머니티

이 태 수/ 시인

ⅰ) 이무열의 시는 서사적敍事的이면서 서정적抒情的이고, 서정적이면서도 서사적이다. 그의 서정적 자아는 주로 서사적 대상에 주어지며, 그 서사들은 어김없이 그 자아의 세례를 받으면서 '서정적 서사'로 빚어지게 마련이다. 더구나 대부분의 시에는 향토적, 토속적 정취가 물씬한 복고성향의 기억들과 떠도는 삶의 현실이 연계되고 있으며, 그 분위기를 고조시키는 걸쭉한 해학諧謔과 희화화戲畵化에 사투리의 묘미가 포개지는가 하면, 한결같이 짙은 연민과 질박한 휴머니티가 관류하고 있다.

시인의 발길, 눈길과 마음눈이 가 닿는 곳은 그야말로 방방곡곡이며, 그 풍경들의 안과 밖에 다채로운 연결고리가 달려 있을 뿐 아니라 언제나 그늘지고 소외된 사람들과 그 애환의 결과 무늬들로 채워지고 있다. 이 다양한 서사에는 또한 삶의 파토스들이 스미고 퍼져 흐르며, 허무와 무상감無常感, 애틋한 그리움의 정서들이 시인 특유의 시니컬하면서도 질펀한 언어구사를 동반하고 있다.

ⅱ) 이무열의 글쓰기는 대개의 문인들과는 달리 산문에서 운문으로 방향을 틀고 있다. 대학시절부터 소설을 썼던 그는 그 시기(1981)에 대학의 문학상 공모(영남대 천마문학상과 대구대 영광문학상)에 두 차례나 잇달아 입상했다. 그러나 1990년대 중반에는 동화로 관심이 쏠리면서 《대구일보》의 대구문예(1996), 《매일신문》 신춘문예(1997)에 당선된 뒤 동화작가로 활동해왔고, 2010년 시전문지 《유심》의 신인 추천을 거쳐 시로 창작 영역을 넓히면서 시인으로 무게 중심을 잡는 활약을 하고 있다.

이런 과정을 거치는 세월 동안 그는 겸허謙虛하고 완만緩慢하면서도 부단히 자신을 채찍질해온 면모들이 산견된다. 동화를 쓰기 이전인 문학청년 때부터 은밀하게 시에 뜻을 두고, 이를 위한 담금질을 해온 사실을 그의 시가 말해준다. 소설에서 동화로 이행하는 과정의 심경도 뒷날의 시에 다음과 같이 쓰여 있다.

안동시 일직면 조탑리
오층 전탑을 배경으로 연꽃이 피었다

청련 홍련 백련 천상연 가시연 어리연
절정을 이룬 신문 보다가
권정생 선생 생각을 했다

언젠가 동화를 선보인 인연이 있는데
소설 쓴 사람 같다고

거친 표현 고치도록 해 당선시키셨지만
탑처럼, 감감
이십수 년 세월을 탕진하고 말았다

세상사 아득한 낭떠러지
동화 한 편 제대로 못 쓰고
어두운 물에서도 용서나 반성처럼 피는 꽃,
오래 앓고 난 뒷날처럼
조탑리 연꽃 공양하러 갈거나
　　　——「조탑리 연꽃」전문

　　조탑리 전탑을 배경으로 피어 있는 연꽃들을 신문지상을 통해
보다가 그곳에 살았던 동화작가 권정생을 떠올린다. 등단 무렵 심
사를 맡았던 그의 충고와 배려를 되새기면서 이십 몇 년을 동화 한
편 제대로 못 쓴 것 같다는 자괴감自愧感도 진술하게 토로된다.
　　"어두운 물에서도 용서나 반성처럼 피는" 연꽃들과 그와는 거리
가 멀게 "세상사 아득한 낭떠러지" 같았던 날들을 대비시키면서 그
연꽃들(권정생과 동화들로도 읽힘)을 공양供養하러 가보려는 생각도
한다. 하지만 그 공양은 기실 "오래 앓고 난 뒷날처럼"이라는 수식
을 받고 있듯, 오랜 세월이 그냥 '탕진蕩盡'만은 아니었다. 오래 앓았
을 뿐 아니라 "용서나 반성"을 역설적으로 전제하고 있기 때문이다.
　　가까이 지내는 홍승우 시인의 출판기념회에서도 여러 가지 생
각을 하지만 역시 자성自省으로 마음눈을 돌린다. "제 호주머니 털

어 책 내고 신바람 나 공짜로 돌리면서 / 야, 오늘 장사 잘 된다 기분 참 조타!"(「마른 봄날」)고 그 풍경을 희화적으로 그리면서도 "목매단 30년 시업 춥고 외로웠던 모양"이라고 연민을 끼얹지만, 그 시선은 이내 자신에게로 돌아온다. "이날 입때껏 책 한 권 펴내지도 못하고 / 명색이 신춘문예 출신 동화작가인 나는 / 갑자기 똥마려워 전전긍긍 / 마른하늘 별이라도 따고 싶은 봄날"(같은 시)이라고 쓴다. 이 같은 자책의 마음자리에는 안으로는 얼마나 치열하게 글쓰기를 열망해왔는지도 암시한다.

이런 자조自嘲와 자책自責은 늦깎이 시인으로 등단했을 때 또 다른 양상으로 번지면서 '낭패'라는 반어反語를 끌어들여 딴전(너스레)을 피우게도 한다. 쉰을 훌쩍 넘어 받은 신인 추천 소식에 "잠시 허청거렸던가 더듬거렸던가 / 맹독이 심장 쪽으로 스멀스멀 퍼지면서 / 〈중략〉 / 말이 궁색하던 오랜 병통 / 허물 벗으며 드러났다"(「낭패」)면서

이것 참, 낭패로구먼
무심하게 딴전 피워 보는데
이 보게 신인!
앞발 긴 이리[狼]와 뒷발 긴 이리[狽] 함께
업고 업혀야만 다닐 수 있다는 그 깊은 뜻 아는가
치명에 들리도록 서른 해
가뭇없이 허우적거리던 진창길에서 만난
우리 서로 낭패 볼 일만 남았다네

축하 축하함세!

　이제 밤잠 설칠 일만 기다린다며

　모르핀 같은 극약 처방이라고 낄낄거리는 이 누구신가

　　　　　　　　　　——「낭패」부분

라는 익살로 자기희화화를 한다. 이는 완곡한 역설이 아닐 수 없
다. 그런 날을 기다려 온 서른 해가 치명致命에 들리도록 허우적거
리던 진창길이었다면 이제 그 길을 벗어나게 되고 낭패 볼 일이 밤
잠 설칠 일이더라도 극약처방이 됐다면 정진이 담보돼야겠지만,
일단 목숨이 끊어질 지경은 넘어서게 되지 않았는가. 이 같은 역설
속의 안도감과 새로운 마음가짐은 「난실이」에서 더욱 구체화된다.

　시마詩魔 들린 옛사람 누구는

　시 짓느라 이빨이 다 빠지고 눈썹이 떨어져 나갔다는데

　온갖 적요와 갖은 마음의 궁기와 세상살이 부끄러움 온전히 감당하지
못할 때

　때로 비겁한 변명인 듯,

　아니 막판에는 뜬소문에 홀린 것처럼

　남몰래 숨겨둔 애첩 난실이 만나러 가곤 했다

　아무도 모르리라

　오십 줄 넘어 돈 안 되는 시인되어 꿍꿍 늦바람인 양 꿍꿍이속 감추었
다가

장다리꽃 같은 수줍음, 깻단 같은 설렘 머금고
님 보고 온 듯 다시 씽씽해지곤 하던 내 얼굴을

〈중략〉

종종걸음으로 하늘거리는 꽃대 끝
난꽃 향기 품은
하늘의 말씀과 부지불식간 땅의 언약을
시시때때
총, 총, 총
오체투지로 받아쓰기 하고 싶은 것이다
───「난실이」부분

동화적인 발상에다 시니컬하면서도 구수한 수사의 옷을 입힌
이 시의, 앞부분 열네 행은 건너뛰어 그 부분의 서사를 언급하지
않고 넘어가는 게 다소 아쉬우나, 인용한 부분만으로도 그 심경을
짚어볼 수 있다. 그의 시로서는 드물게 감성적感性的이고 감각적
이면서도 시인으로서의 완강한 결의가 내비쳐져 있다.
　시인은 "온갖 적요와 갖은 마음의 궁기와 세상살이 부끄러움 온
전히 감당"하고 싶을 뿐 아니라 "남몰래 숨겨둔 애첩 난실이 만나
러 가"듯 시에 빠져든다. 더구나 그 '늦바람'은 "장다리꽃 같은 수줍
음, 깻단 같은 설램"으로 얼굴이 씽씽해지게 하는가 하면, 급기야
'애첩 난실이'가 "하늘거리는 꽃대 끝 / 난꽃 향기"로 환치되면서,

그 "향기 품은 / 하늘의 말씀과 부지불식간 땅의 언약을 / 시시때때 / 총, 총, 총 / 오체투지로 받아쓰기 하고 싶"다고 하는 말은 거듭 곱씹어 보게 한다.

시인은 이윽고 향기 그윽한 '하늘의 말씀'과 알게 모르게 '땅의 언약'을 한결같이 온몸으로 경건히 절하듯 받아쓰려 한다. 그러나 이 같은 마음가짐도 자연 앞에서는 부끄러우며 무색해지는 건 역시 겸허한 마음자리 탓일 것이다. 채석강을 바라보면서 시인은 "저 책 짓는데 누구는 일만 년 걸렸다 하"(「채석강에서」)는 말에 마음 가져가면서는

젊은 날
하고많은 공수표
밀린 외상값,
벅찬 문장을 좇아 끙끙대던 일
나는 왜 바다의 빈손만 비비며
자꾸 딴전을 피우고 있는가
　　　──「채석강에서」 부분

라고 자신을 들여다보는 겸양지덕謙讓之德을 잊지 않는다. '하늘의 말씀'과 '땅의 언약'을 저버리지 않고 받들려면 언제나 이 같은 자성이 담보돼야만 할 것이기 때문이다. 그렇다면 본격적으로 시를 쓰면서는 그 길을 어떻게 나서며, 과연 어떤 자세로 시를 쓰고 있는 것일까.

내 홀로 어쩌자는 마련도 없이

배낭 하나 달랑 메고

운주사 거쳐 유달산 지나 보길도까지

어기적어기적

세상의 끝이라 싶던 그때가 언제던가

목숨은 마냥 서러웠다

어인 밤 기우뚱

섬 하나 지울 듯 파도는 쳐쌓는데

민박집 전등불 촉수가 낮거나 말거나

썼단 구겨버리고 다시 쓰며

밤새도록 버려지던 헛된 반성문이여

———「섬」 전문

이 짧은 시에서는 '지금 여기'에서의 떠돌이 행각行脚을 '최대공약수'로 떠올린다. 연 구분 없이 열한 행으로 구성된 이 시는 몸과 마음의 행로를 압축해서 보여줄 뿐 아니라 '시 쓰기=삶 자체'라는 등식으로 그 떠돎과 서러움(고난), 부단한 지향과 자성의 과정을 그려 보인다. 시인은 어떻게 하겠다는 작정도 없이 홀로 길을 나서지만, 산사山寺를 찾게 되고 바다 인근의 산을 지나 남도의 섬에 다다른다. 그 섬에서 밤을 맞으면서는 '섬'을 '나'와 '시'로, 다시 '삶=시'로 들여다보면서 반성적 자기성찰自己省察을 하게 된다.

하지만 화자(시인)의 이 길 나서기는 "어쩌자는 마련도" 없고, 어기적거리며 가는 떠돎의 연속이다. 게다가 "세상의 끝"이라는 절망이나 좌절감을 거쳤음에도 "마냥 서러"우며, 깃들어 머물게 된 곳도 밤 새워 거센 파도가 치는 작은 섬일 따름이다. 그러나 그럼에도 불구하고 섬을 지울 듯 치는 파도와 민박집 전등불 촉수와는 아랑곳없이 반성문(시)을 밤새도록 쓰고 지우고 다시 쓰는 시간에 놓인다.

이 대목은 시인이 바로 그런 정황 속에 놓인 '섬'에 다름 아니며, 시인의 삶(시 쓰기)이 홀로 "헛된 반성문"을 썼다 버리고 쓰는 것과 다르지 않다는 무상감에서 자유롭지 않다고 하더라도 그럴 수밖에 없는 숙명이 '시(시인)의 길'이라는 뉘앙스를 끌어안고 있는 것으로 읽히게 한다.

iii) 이무열의 시는 소설과 동화를 써온 작가답게 이야기가 담긴 서사를 바탕으로 동화적인 환상이나 상상력을 끌어들이고, 질펀한 서정적 자아가 투사投射되는 점이 두드러지는 특징이다. 마치 타임머신을 타고 옛날로 거슬러 오르며 향토적이고 토속적인 정취가 물씬 풍기는 추억들을 불러 모아 그에 걸맞은 사투리들을 포개놓음으로써 질박한 분위기도 고조된다. 더구나 이 와중에 그 중심에는 거의 어김없이 사람을 끌어들여 입김을 불어넣는 휴머니티가 관류한다.

시인은 역사의 뒤안길로 사라진 성냥공장의 숱한 애환과 그리움의 정서들을 질박하고 해학적인 입담으로 풀어놓은 「다황을 긋다」에서 지난날의 시대상時代相과 화자의 추억을 불러 모으면서 "오늘은 유황냄새 피어오르던 그때처럼 / 따닥 따닥, 다황이든 당황이든 / 다시 못 올 낭만의 마찰판을 그어보고 싶다"고 그리는가 하면, 가고 오지 않는 옛날을 회상하는 「어떤 흐린 날」에는 "먹다 밀쳐둔 수제비 같은 / 유년의 운동장 가에는 / 분홍의 바람개비 저 혼자 돌아가"고 "아직도 국기 게양대 옆 미루나무 잎사귀는 / 저요 저요 선생님 저요! 잎잎이 눈부신데"라는 그리움의 환상이 마치 동화 속의 아련한 장면들처럼 펼쳐진다.

그의 언어구사는 돌이킬 수 없는 '당황'마저도 성냥을 켜듯 "낭만의 마찰판에 그어보고 싶다"거나 추억 속의 학교 운동장을 "먹다 밀쳐둔 수제비 같"고, '미루나무 잎사귀'를 '어린 학생'으로 바꿔 바라보는 발상의 전환과 특유의 풋풋한 회화적 상상력을 대동한다.

그런가 하면, "너와 나 사이의 연분도 / 연분홍 봄길 혹은 밀물 드는 가을 강가에서 / 기우뚱 저물거나 / 온 발목 무장 젖어 흘러간 세월 같다"(「'사이'라는 말—K에게」)에서와 같이 언어(어휘)가 촉발하는 연상聯想과 낯선 비유를 통해 신선한 표현의 묘미를 돋운다. 이 같은 표현의 묘미는 "그리워라 애니로리 / 머나먼 스와니강 출렁거려 / 노랫말이 생각나지 않는다", "아리 아라리로 엮는, / 산다는 일의 곡절 / 그 가쁜 숨결"(같은 시)과 같은 대목에 이르면 더욱 번득인다.

시인의 발길, 눈길과 마음눈이 닿는 곳은 그야말로 종횡무진縱橫無盡이다. 성악가 지망생이던 이창수(1921~2011)가 대구 도심을 전전하며 어렵사리 평생 꾸려온 국내 최초의 고전음악 감상실 '녹향' 이야기, 어린 시절 기억을 되살린 경기도 파주의 미군부대 풍경, 젊은 시절 회상에 삽입된 1998년 안동 고성 이씨 무덤에서 '원이 엄마'의 사랑 편지와 함께 출토된 미투리(마와 머리카락을 섞어 짠 신발) 애사哀史, 청도 한재미나리꽝이나 초등학생 시절 쥐잡기와 쥐갈비에 얽힌 슬픈 일화, 전남 곡성 오일장의 한 할머니 좌판과 대구 서문시장 열 뼘 가웃 외할머니 점방을 배경으로 한 질펀한 애환의 서사들은 삶의 풍경들을 다각적으로 회화화하면서 걸쭉한 입담과 해학으로 풀어놓은 경우다.

어디 그뿐인가. 이 같은 사례들을 열거하자면 가히 그 끝이 안 보일 정도다. 홍콩 마카오 성 바울 성당, 경남 남해 문항마을 개펄, 경북 영천의 거조암, 경남 산청의 심원사, 경북 영주의 무량수전, 대구 팔공산의 부인사, 경남 하동의 쌍계사, 대구의 출판사 만인사와 파티마병원 장례식장, 경상감영공원 뒷길의 국숫집, 대경교통 충전소, 동아백화점 수성점 앞 횡단도로변, 전남의 순천만, 경남 남해의 죽방렴, 경북 안동의 지례예술촌 앞 강변, 경기 부천의 현대요양병원 중환자실, 부인과 함께 경영하는 '박가분朴家粉' 앞 난전 등도 삶의 다채로운 파토스들과 질펀한 추억들을 특유의 서사적 어법으로 떠올린다.

「녹향에 간다」에서 시인은 6·25 한국전쟁 피난 시절 '녹향'에 자주 드나들었던 이중섭, 박태준, 양명문, 유치환, 양주동 등의 당시 활동상(일화)과 64년간 1,510회나 열렸던 예육회 정기음악감상회 등을 더듬어 부각시키면서

녹향, 푸르른 세월의 향기를 품고
향촌동 남일동 사일동 포정동 동성로 화전동 옮겨 다녔건만
끝내 임대료도 못내 문 닫는단 풍문에

내 청춘의 18페이지 하단, 붉은 잉크로 밑줄 그어진
차이콥스키의 안단테 칸타빌레
죄 많던 어느 가을날의 눈물을 떠올렸거니

첫사랑 애뜯는 안부를 묻듯
개망초 술패랭이 하늘나리 쑥부쟁이 구절초의 노래
오선지 나달나달한 악보 같은 길 걸어 녹향에 간다
　　　　　——「녹향에 간다」부분

고, 그 "푸르른 세월의 향기"와 재정난으로 끝내 문을 닫게 된 '녹향'
에서 듣던 음악이 "내 청춘의 18페이지 하단, 붉은 잉크로 밑줄 그
어"질 정도로 절절했던 첫사랑 사연과 함께 되새기며 안타깝게 그
리워하는가 하면, 애틋하고 오래된 추억의 길을 더듬어 찾아 나선
다.(이 음악감상실은 현재 대구문학관 지하에 복원해 운영되고 있음)

　"저벅저벅 코 큰 양코백이 쏼라 쏼라 걸어오는 거 자알 보인다"로
시작되는 「연풍리 가는 길」에서는 미군부대가 있던 파주의 풍경을
"한 됫박의 그리움과 설렘과 신열이 덕지덕지 껴묻은" 곳으로 그리
면서 당시 모습을 특유의 걸쭉한 재담才談으로 되살려 보인다.

　솜틀집 기계는 숨죽인 솜을 터느라 연신 툴툴 털털, 바께쓰 숯불에 달
구어진 양철집 인두는 납땜을 하느라 푸시시식, 도르래 고장 난 왕대포집
판자 문짝은 삐딱하게 열리다 말다 덜컹 덜커더덩, 순댓국집 조선 솥뚜껑
은 뿌연 수증기를 뱉어내며 연락부절로 스르렁 스렁, 불콰해진 강냉이 김

씨와 조선팔도 칼갈이 강씨거나 운전수 털보의 따따부따 언성은 높아만 가고 오리궁둥이 주모는 뒤뚱뒤뚱 혼자 바빴다

　아슴푸레하여라 이음매마다 총총 도려낸 깡통 뚜껑을 박아둔 루핑지붕에는 자글자글 햇살 녹아내리고 문득 끝 간 데 없이 장대비가 내렸다 부인상회 우리양행 파주목욕탕 나무 간판은 반나마 페인트칠이 벗겨진 채 건들거리고, 신영균 최무룡 황정순이 얼굴이 주름잡던 문화극장 옆 낡은 앰프는 신 프로가 들어올 때마다 진종일 왱왱거렸다
　　　　　　　　──「연풍리 가는 길」부분

　세월의 흐름에 묻힌 오래된 추억을 이같이 애틋하거나 질박하게 끌어당겨 그리는 시편들은 거의 부지기수다. 봄밤에 페이스북으로 소식을 접하며 대학 시절 한 새내기와의 추억을 '꽃이 왔다'고 '먹먹하게 떠올리는 「사월, 꽃이 왔다」는 그 그리움의 정서를 "못다 한 노래 잊힌 후렴구 같은 것"이라고 노래한다. 안동의 한 무덤에서 출토出土된 '원이 엄마'가 삼은 미투리의 애달픈 사랑 이야기를 인유引喩해 "옛 여인의 머리카락짚신 같은 맹세"에 비유하는 발상이나 홍콩 마카오 성 바울 성당의 "첨탑에 걸려 웅얼거리는 / 그 옛날의 종소리에 오래 귀를 열면서"는

　산다는 건 문득,
　지지마꿈 등 기대고 서서 불러볼
　화살기도 하나 바치고 싶은 것이려니…
　　　　　　　　──「시월에」부분

134

라는 대목 역시 같은 맥락脈絡으로 보인다. "기돗발 좋다는 소문 듣"고 영천 거조암에 가서는 "세상에나! 영산전에 들자 앉은걸음으로 다가오는 것 있지요 / 똥기마이 할배가 키득키득, 김칫국 아재는 킥킥, 빼빼장구 당숙이 멀뚱멀뚱 / 웬걸 해파리 숙부님 둘레둘레 화등잔만 한 눈 치뜨는데요"라고 너스레를 떨면서 오백 나한五百羅漢을 향해

아재요, 탁배기 한 잔 자실랍니꺼?
사는 일 좀스럽고 짜잔해지는 이 노릇 우야만 좋겠는교?
〈중략〉
애오라지 곰삭은 절 한 채 품었다 뱉어놓는 일로
하루가 한 생이 저물도록
마 괜않타, 전부 괜않을 끼다
앉으나 서나 오백 나한님은 다 알아주실 것만 같았지요
　　　　　　　──「거조암 오백 나한」 부분

와 같은 눙치기도 순전히 그만의 몫이 아닐 수 없다. 만인사(출판사)에서의 화투놀이를 통해 시인들의 캐릭터를 경상도 사투리로 희화화한 시에서는 "동양화 마흔여덟 장 요리조리 아코디언처럼 접었다 폈다 트집도 잡아 보고, 뜬 구름의 경전 패를 읽느라 도끼자루 썩어 나자빠질 토요일 봄밤"을 "시름을 달래보는 뷰티풀 선데이"(「만인사 1」)로 그리지만, 이 역시 그 자리에 초대받아 "행장도 못 꾸린 맨발로 부르면 피바가지 쓰듯 불리가는 기 세상살이"(「만

인사 2」라는 비애와 짝을 이루고 있는 게 아닐까. 이 같은 파토스의 정서는 영주 부석사 무량수전에 엎드려 목어木魚를 바라보면서

오장육부 구석구석 비우도록
천수경인지 해탈경인지
차마 그 많은 독경 혼잣말로 다 삭인
목어는 어찌 그리 우렁우렁거리던지요
무량 무량
저, 헤아릴 수 없는 물소리로 흘러간 이름
백골단청 배흘림기둥이나 부여잡고 불러보는
탑 그늘은 오소소 깊고
무진장으로 우는 짐승 소리 오래오래 들렸습니다
　　　　──「물소리 무량하다」부분

라는 경지로 승화昇華시켜 놓기도 한다. 하지만 그럼에도 다시 "온전히 천년을 견딘 고리비사리나무조차 사랑하다 끝내 앉거나 선 채로 죽어버릴 수도 있으려니 외로운 스님들, 쌍계사 구유가 되었다는 소식 어느 먼 바람결에 나부끼고 있었다"(「쌍계사 지나며」)거나, 부인사 요사채 앞마당의 낙엽을 주우며 "주장자로 때려줄까 보다 / 서둘러 얼굴을 가리고 / 안간힘으로 버티고 선 석탑 너머 / 천년 전의 빗줄기 서서히 그치는가"(「지윤 노스님」)라는 무상감에로의 회귀에서도 자유롭지 않게 돼 버린다.

ⅳ) 시인의 삶을 바라보는 시선視線은 기억(추억) 여행에 주어지는 경우가 많지만, 그 그리움의 정서는 궁극적으로 허무와 무상감을 끌어안게 마련이다. 특히 사람들을 향해서는 홍건한 휴머니티를 바탕에 깔면서 짙은 연민을 끼었거나 애틋한 그리움을 착색하는 양상을 띠고 있으며, 때로는 고향이나 자연 회귀의 빛깔을 띠기도 한다.

봄날 오후 한재미나리꽝에 가서는 어린 시절에 위암을 오래 앓아 수척한 큰 외숙부外叔父가 약으로 쓰게 하기 위해 외종과 함께 "미나리꽝에 부룩같이 엉겨 붙던" 거머리를 잡던 기억들을 반추하는「봄날, 거머리 같은」, 약밥 싸 들고 모처럼 그 외갓집에 갔을 때 작은 외숙부모의 근황(노후생활)을

뭘 이런 걸 다 가져 왔냐
외숙모 연방 손사래 치시고
우물가 석류나무 볼그족족 잇바디 수줍게 드러났다
외삼촌은 요즘 어떻게 지내세요?
아파트 경비 일도 떨어지고
내외간 조곤조곤 얼굴이나 맞대고 있지 뭐
　　　——「쭈뼛쭈뼛 석류나무」부분

라고 담담하게 그려 보이는「쭈뼛쭈뼛 석류나무」는 삶의 비애와 그 무상감을 연민의 휴머니티로 감싸 떠올리는 경우라 할 수 있다. 초등학교 시절 동화책을 읽어주곤 하던 이모의 박복薄福한 삶과 죽

음을 회상하며 동화 속에서처럼 "상아가 지천으로 쌓여 눈부신 곳 / 세상모르는 그런 곳"을 찾아갔기를 염원하는 「오래된 동화」, 열 뼘 가웃 비좁은 외할머니 점방에 들면 1원짜리 붉은 종이돈 하나 꼭 쥐어주던 기억을 더듬으며 그 돈으로 주전부리 함께 하던 "서울 내기 다마네기 맛좋은 고래고기 날 놀려먹던 / 상고머리 땜통머리 도장밥 버짐 기계총 비루먹은 / 꼬찔찔이 동무들 다 어디 갔을까" 라며 "그 보랏빛 향기와 풋것들"을 회상하는 「장터에 갔더란다」 등 도 그 빛깔이 다소 다르게 연민과 그리움의 정서를 보여주는 작품 들이다.

「아버지의 입맛」은 군에서 휴가 왔을 때 중국집에 데려간 아버지 가 "그날따라 입맛 없다며 / 세 젓가락 뜨고 내 앞으로 물리던 짜장 면"도, 평소 식사 때 "머리는 내 주렴, 생선은 자고로 머리가 맛있는 기다!"라던 그 생선도 기실은 "갈고 심고 거두고 찧고 까불고 지져 나를 키워오신" 바 그 눈물겨운 배려였음을 반추하며 선친先親을 곡진히 기리는 마음의 그림이라 할 수 있다. 한편, 예전 여름날 저 녁의 어머니의 사랑을 그리워하면서는

구불구불 말린 멍석 다 펼치기도 전에
들들들들 맷돌에는 되직하게 녹두가 갈리고
채 썰고 버무리고 기름 둘러 온갖 양념에 채소 돼지고기로 빚은
고스톱 판처럼 걸쩍지근한 녹두전과 막걸리 한 상을 차린다
오글오글 사촌 아니면 육촌 계집애들과 장맛비에 척척 감기는 손목 때 리기 패를 돌리랴

외할머니 어깨 너머로 훔치던 신수보기 화투장을 떼어보랴

그 예전 젊은 어머니는

곰방대에 풍년초 쟁이고 연신 구름과자 피워 올리던 외할머니처럼

—목 맥히겄다 년석아 좀 천천히 묵어라

—논빼미 물 들어가고 자석 입에 밥 들어가 좋을래라

뭉게뭉게 자꾸 그런 군말을 털어내고 있는데

님 소식이나 돈 횡재 그런 패를 꿈꾸던 날은 굴뚝같은데

————「굴뚝같다」 부분

라고, 토속적인 정취 속의 전통적인 어머니상을 생생하게 형상화
形象化하면서 그 시절의 그 내리사랑의 농도를 그대로 착색해 보
인다. 아파트 마당귀에 버려진 꽃나무 화분을 보면서는 요양병원
에서 "이젠 여가 내 집"이라며 치매 앓다 94세로 세상 떠난 장모 생
각을 풀어 놓은 「여가 이젠 내 집이다」 역시 같은 맥락의 따스한 정
한과 무상의 서정적 서사에 다름 아닐 것이다.

그런가 하면, 「쥐덫 생각」은 코베이 경매 사이트에 올라온 '쥐덫'
에 착안, 아들이 몸 약해 밤눈 밝게 해준다고 "연탄불 석쇠 위에 기
름기 좔좔 흐르던 쥐갈비"를 먹이던 "곱슬머리 옥니박이 최가네 철
수 아버지"의 사랑법을, 한 시인(박곤걸)을 문상하는 지기(문인)들
의 모습을 고인이 즐겨 가던 "춘자 아지매 국시집 / 먹다 남긴 국숫
발마냥 / 맥짜가리 하나 없는 등신 어바리가 되어 / 모두들 한세상
개개풀린 낯빛"(「춘자싸롱 가고 싶다」)이라고 특유의 어법으로 형상
화해 시인의 마음자리를 오롯이 보여주고 있다.

시인이 부인과 함께 경영하는 '박가분' 매장 앞 텃밭머리에 난전을 편 세 할머니들이 오물오물 떡볶이 먹는 장면을 바라보며 "저승꽃에도 미소란 게 있다면 이런 때 만화방창 절창이겠다"는 「할머니들, 난전을 펴다」나 "머리 터져뿌가 할매 박스도 못 줍고 오늘 박스 팔아 국밥 한 그릇 못 사묵꼬 결국 지가 박스처럼 구급차에 실려 가뿄는데……"라고 폐품주이 할머니 부상 이야기를 사투리의 묘미로 극대화한 「박스 이야기」는 또 어떤가.

외지고 소외된 사람들에 대한 이 같은 연민의 휴머니티는 월급 칠십만 원으로 불우한 아이들을 후원하는 게 유일한 보람이자 희망이었던 '철가방 아저씨'(중국집 배달부)가 뺑소니 차에 치어 죽은 뒤에도 장기 기증으로 보험금 사천만 원을 후원회에 남기고 쪽방 영정影幀사진 속에서 웃는 모습을 그린 「김수우 씨」에 이르면 그 절정에 이르듯 뜨겁기 그지없다.

하지만 눈을 안으로 돌리면 산다는 게 무상과 고해苦海, 허무와 고행苦行에 다름 아닐 따름이다. "사는 일, / 수수 백년 구부야구부 구부가 열 두 고개"(「순천만 풍경」)라는 상두꾼 소리에 귀를 기울이는 것도, "질라래비훨훨 / 내 흘러온 길 뒤집히고 흐트러진 신발짝만 같다"(「노래나 한 곡」)는 자기회화의 독백도 그런 빛깔을 묻히기는 한가지지만, 이 절절함은 그 초극과 초월을 향한 역설로 읽어도 좋을 것 같다.

이 시집의 표제시 「묵국수를 먹다」를 각별히 거듭 읽게 하는 까닭은 무얼까. 깊은 울림을 대동한 서정적 서사로 고단한 삶의 파토스를 진솔하게 진술하면서도 절실하게 떠올릴 뿐 아니라 시인 특유의 질박한 언어구사와 그 묘미들이 이를 떠받들어주기 때문일 것이다.

백년만의 폭설暴雪이 내린 먼 곳과 흩날리는 눈발로 질척거리는 시장통은 거리가 떨어져 있으면서도 시인이 가깝게 느끼며 떠도는 '하나의 현실'이며, '허기진 시간'과 '위로받고 싶은 시간'이 함께 어우러진 현실이기도 할 것이다. 허름하고 비좁은 난전 묵집의 주인 노부부와 삶의 터전이 흔들리는 설운 심사로 묵국수를 먹는 화자는 그 모습이 다르더라도 공동운명체共同運命體가 아닐 수 없으며, '분노와 용서'를 아우르며 살 수밖에 없는 삶의 현장이요 현실이긴 마찬가지이지 않겠는가.

연신 메밀 솥을 휘젓고 묵을 치는 노부부의 모습과 묵국수 사발에 꾸역꾸역 고개를 처박는 화자의 모습은 그 빛깔이 다를지라도 목이 메도록 쓸쓸한 삶의 단면斷面이기는 한가지일 것이다. 다만 이 시에서 화자가 떠올리는 현실은 화자의 시선을 통한 현실의 결과 무늬들이며, 화자의 서정적 자아가 대상에 투사되거나 투영된 경우이기도 하다.

강원도에 백 년 만의 폭설 내린 날
질척거리는 불로시장을 어슬렁거렸다
식욕에도 무장 눈발 어룽진 얼룩 같은 것이 있다면
더러는 위로받고 싶은 허기진 시간도 있어
묵밥, 묵국수 팝니다 허름한 현수막 펄럭이던 묵집에는
마지막 끼닛거리처럼 식탁이 달랑 두 개뿐
주인 할아버지는 끓는 메밀 솥을 주걱으로 연신 휘젓고

묵 치는 할머니의 등은 해거리 비탈밭처럼 꾸부정한데

답답하고도 설운 심사 달래듯

묵국수 사발에 꾸역꾸역 고개를 처박았다

십 년 넘게 꾸려온 화장품 점포를

무조건 비우라는 집주인의 건물인도 청구소송에

오늘은 어쩔 수 없는 답변서를 작성해야겠다

애꿎은 송사에 변호사도 사지 못한 자에게

때로 산다는 건 쓸쓸한 식탐처럼 자꾸 목이 메는 것이라서

귀때기 파랗게 질리는 난전 시장통을 돌아

지지눌러온 분노와 용서 사이

봉두난발로 분분한 눈길을 하염없이 걸었다
　　　　──「묵국수를 먹다」 전문

　"식욕에도 무장 눈발 어룽진 얼룩", "마지막 끼닛거리처럼 식탁이 달랑 두 개뿐", "할머니의 등은 해거리 비탈밭처럼 꾸부정한데", "쓸쓸한 식탐처럼 자꾸 목이 메는", "귀때기 파랗게 질리는 난전", "봉두난발로 분분한 눈길" 등의 표현이 특유의 시적 분위기를 북돋워주며, 시인의 걸쭉하고 질박한 체취體臭처럼 구수한 매력을 발산하는 것으로도 읽힌다. 이무열의 매력은 바로 이런 데 있지 않을까 하는 생각도 해본다.

묵국수를 먹다

이무열 시집

초판 1쇄 발행일 2019년 9월 1일
초판 2쇄 발행일 2020년 1월 22일

지은이·이무열
펴낸이·김종해
펴낸곳·문학세계사

주소·서울시 마포구 신수로 59-1(04087)
대표전화·02-702-1800
이메일·mail@msp21.co.kr
홈페이지·www.msp21.co.kr
페이스북·www.facebook.com/munsebooks
출판등록·제21-108호(1979.5.16)

값 10,000원
ISBN 978-89-7075-921-0 03810
ⓒ 이무열, 2019

이 도서의 국립중앙도서관 출판예정도서목록(CIP)은 서지정보유통지원시스템 홈페이지(http://seoji.nl.go.kr)와 국가자료공동목록시스템(http://www.nl.go.kr/kolisnet)에서 이용하실 수 있습니다. (CIP제어번호: CIP2019029768)